KB153023

실버문고
401

아름다운 노년
건강한 삶의 향기

김동인 사담집(史譚集)

양녕(讓寧)과 정향(丁香)

실버문고 · 401 〔김동인 사담집〕

양녕(讓寧)과 정향(丁香)

초판 1쇄 펴낸날 2001년 5월 4일

지 은 이 김동인
엮 은 이 이강엽
기획위원 이강엽 · 이상진
펴 낸 이 이정옥
펴 낸 곳 평민사
　　　　　서울시 서대문구 남가좌2동 370-40
　　　　　전화 영업 代 · (02)375-8571 편집부 · (02)375-8572
　　　　　팩시밀리 (02)375-8573
　　　　　E-mail : yeeuny@unitel.co.kr
등록번호 제10-328호

값 6,800원

ISBN 89-7115-340-9   03810
ISBN 89-7115-401-2   (set)

김동인 사담집(史譚集)

양녕(讓寧)과 정향(丁香)

김동인 지음 / 이강엽 엮음

평민사

실버문고를 내며

　의약의 발달과 경제성장에 따라 노인인구는 그 동안 꾸준히 증가되어 왔으며, 앞으로는 그 증가 속도가 더욱 빨라질 전망입니다. 따라서 사회 각층에서 이에 대한 대비에 여념이 없는 듯이 보입니다. 노인을 위한 의료기관이나 양로원 시설을 확충하기도 하고 소외된 노인을 위한 복지혜택을 늘리는 일들이 그런 예입니다. 그러나 정작 우리 주위에서 볼 수 있는 보통의 노년층을 위한 일은 찾아보기 어려운 실정입니다. 노인문화에 대해 진지하게 살펴볼 겨를이 없었던 것입니다.

　대부분의 노년층은 중년의 힘겨운 멍에를 벗고 이제야겨우 여유를 갖게 되었지만 막상 그 여가시간을 효율적으로 활용할 수 있는 길이 막혀 있습니다. 새로운 일을 찾는다거나 취미를 개발하는 일이 쉽지 않은 상황에서 교양 있는 노년층이라면 가장 손쉬운 문화활동으로 독서를 떠올리게 됩니다. 지금의 노년층이야말로 어떤 면에서 가장 순수한 의미의 독서세대이기 때문입니다. 그 분들이 처음 책을 접했던 때는 라디오도 TV도 없는 시절이었으므로 책이 거의 모든 지식과·정보의 근원이었습니다. 그러나 막상 책을 읽으려 해도 돋보기를 쓰고도 잘 보이지 않는 작은 활자에서부터 지나치게 부담스러운 분량, 젊은이 취향의 내용 때문에 많은 어려움을 겪어야 했습니다. '정보화 사회'의 기본은 정보에서 소외되는 계층을 없애는 것임에도 불구하고, 세간의 관심이 컴퓨터와 인터넷으로 몰리는 가운데 우리의 노년층은 독서활동에서조차 제약을 받게 되고 말았습니다.

이 〈실버문고〉 총서는 그런 문제를 풀어나가는 디딤돌을 마련코자 기획되었습니다. 활자도 크게 하고, 분량이나 내용도 노년층에 적합하게 꾸몄습니다. 따라서 이 총서에는 젊었을 때 읽었으나 다시 읽고 싶은 책에서부터 노년층에 꼭 필요한 정보, 신세대를 이해하기 위한 내용, 순수한 교양물 등이 두루 망라될 예정입니다. 모쪼록 이로 인해 노년층의 독서가 활성화되어, 그것이 작게는 노년기의 여가 활용과 교양 함양에 일익을 담당하고 크게는 다음 세상을 짊어지고 나갈 젊은 세대에게 독서의 의미를 일깨워주는 모범적인 사례가 되기를 기대합니다.

책 읽는 노인에게서 나오는 은발의 예지가 우리 사회를 더욱 젊고 건강하게 합니다.

2001년 봄
〈실버문고〉 기획위원

책머리에

　김동인(金東仁, 1900~1951)은 우리 근대소설을 개척한 뛰어난 소설가입니다. 그는 특히 「감자」, 「배따라기」, 「발가락이 닮았다」 같은 주옥 같은 단편소설로 널리 알려져 있습니다만, 역사소설에 깊은 관심을 보이기도 했습니다. 「젊은 그들」, 「대수양(大首陽)」, 「운현궁의 봄」 같은 작품이 그 예인데, 이런 작품들에서는 역사적인 교훈 등을 강조하기보다는 생생한 묘사 등을 통해 생동하는 인간들을 그려내는 데 주력하는 편입니다. 당연히 다른 작가가 쓴 역사소설에 비해 볼 때 중후한 맛은 다소 떨어지지만, 흥미로운 요소는 훨씬 많습니다.

　이 책에 실은 여섯 편의 작품 역시 그런 맥락에서 살펴볼 수 있겠습니다. 김동인은 1932년 『동아일보』에 「아기네」라는 작품을 연재한 것을 필두로, 1935년에 『월간 야담(野談)』이라는 잡지에 글을 쓰게 되면서 이러한 역사 이야기를 대량으로 창작하게 됩니다. 그리고 얼마 후에는 아예 본인이 직접 『야담(野談)』이라는 잡지를 새로 만들어서 거기에 글을 싣는 열성을 보입니다. 흔히 '사담(史譚)'이라 불리는 이 이야기들은 신문, 잡지 등을 가리지 않고 발표되었는데 그 수가 자그마치 200편을 훨씬 웃돌 정도입니다. 이른바 '야담'이라고 하는 것이 비교적 짧은 분량에 에피소드 나열에 그치는 데 비해서, 여기에 실은 김동인의 사담은 분량이 길 뿐만 아니라 한 편의 독서물이 되기에 부족함이 없도록 꾸며져 있습니다.

백제의 성충, 고려의 충신들, 함흥차사, 양녕대군 등은 사실 웬만한 사람들이라면 이미 들어서 훤히 아는 이야기라 별 관심을 끌기 어려울 것처럼 보이지만, 한번 읽어보면 그런 선입견이 금세 가시게 됩니다. 가령, 여느 야담쯤이라면 '어느 왕 때, 어느 곳에, 누가 살았다,'는 식으로 판에 박힌 서술을 할 만한 내용들을 그는 전혀 다른 방식으로 풀어 보이는 것입니다. 느닷없이 대화가 나온다든지, 실제로 그 시절을 눈앞에 둔 듯이 세세하게 묘사를 하면서 시작하는 것이 그 예입니다. 이 때문에 전에 그런 일이 있었다는 사실을 익히 아는 독자들이라 하더라도 박진감 넘치는 소설을 읽듯이 빠져들 수 있습니다.

이렇게 하여 일단 독자들의 시선을 모은 다음, 작가는 작품 속의 등장인물 하나하나에 온기를 불어넣는 데 온 힘을 쏟습니다. 성충은 충신이어서 죽음을 무릅쓰고 충간을 하다가 죽었다고만 알고 있는 독자들에게, 의자왕의 본래 모습과 타락한 모습을 대비하여 설명해줌으로 해서 성충의 고뇌를 정면으로 부각시켜 주며, 의자왕과 성충의 대면장면을 통해서 두 인물의 힘겨루기 같은 양상을 구체적으로 드러내줍니다. 또, 옥새를 둘러싸고 태조와 태종 사이에서 벌어지는 일들을 통해서는 부자간의 애증관계가 선명히 떠오르도록 합니다. 그런가 하면, 우리가 성왕(聖王)으로 알고 있는 세종대왕을 그려낼 때에는 그 위대한 면모보다는 인간적인 따스함을 집중적으로 부각시켜 나갑니다.

역사적 사실을 토대로, 특히 결과론적인 측면에서 충신과 간신, 선인과 악인을 나누어 보았던 사람들에게, 이런 이야기들은 삶의 진정성에 대해 깨닫게 해준다 하겠습니다. 가령, 「신문고」에서는 아무 죄 없이 옥에 갇힌 가장을 구해내려고 그 가속들이 백방으로 발버둥쳐 보지만 결국 아내와 자식이 죽고, 그 죽음의 대가로 자유의 몸이 되는 운명의 엇갈림이 드러나는데, 이는 평범한 서민이 겪어야 하는 비애를 보여주는 것이면서 한 개인의 힘으로 벗어나기 어려운 숙명적인 굴레를 암시하는 것이기도 합니다. 「임장군」 역시 자신의 과거를 잠시 잊고 엉뚱한 길로 갔던 주인공이 어느 한순간 지난 과오를 깨닫는 장면에서 진한 감동을 심어줍니다.

　이렇게 볼 때, 김동인이 쓴 사담의 미덕은 역사적 사실에 있지 않습니다. 실제로 여기 실린 각 이야기 중에서 역사적으로 확인된 사실은 기껏해야 단 몇 줄짜리 간단한 내용에 불과할지도 모르며, 또 어떤 부분은 아예 역사적 사실과는 거리가 먼 창작이기도 합니다. 그러나 간단한 사실을 뼈대로 하여 거기에 살을 붙여 넣고 호흡을 불어 넣어 살아있는 인간을 만들어냈을 때, 우리는 거기에서 실제 역사 이상의 감동과 교훈을 얻을 수 있습니다. 널리 알려진 역사적 사실이라 할지라도, 작가의 상상력을 통해 그 역사의 한가운데 있었던 인물의 구체적 행위를 만들어 낼 때, 그 옛날의 역사가 오히려 지금의 현실에 더 밀착될 수 있기 때문입니다.

이 책에서는 실버문고답게 김동인의 그 많은 사담들 가운데 어르신들의 취향에 맞을 만한 것으로 우선 여섯 편을 골라서 현대어법에 맞게 고쳐보았습니다. 가능한 한 원문을 그대로 싣는 것을 원칙으로 했습니다만, 의미 파악에 혼선이 올 만한 옛 말투나 사투리이거나, 명백한 오류인 경우, 엮은이가 임의로 바로잡았으며, 꼭 필요하다고 여겨지는 경우에 한해서 괄호 안에 어휘의 뜻을 풀어놓았습니다. 또, 원문에 한자 표기가 없더라도 필요하다고 여겨지는 경우 한자를 병기했으며, 간혹 한문 문장이 돌출하는 경우는 번역을 함께 실어 두었습니다.

모쪼록 즐거운 마음으로, 이 여섯 편의 역사 이야기를 즐겨주시면 고맙겠습니다.

2001년 봄
엮은이 이 강 엽

김동인 사담집(史譚集) | 양녕(讓寧)과 정향(丁香)

실버문고 ④⓵ 차 례

좌평(佐平) 성충(成忠)

그것은 봄답지 않은 암담한 봄날이었다. 들에는 기화요초(琪花瑤草)가 만발하고 온갖 새와 나비가 날아드는 — 말하자면 절기로는 봄임에 틀림이 없지만 백성의 기분에는 봄답지 않은 암류가 흐르고 있었다.

백제의 의자왕(義慈王) 16년 춘삼월, 겨우내 혹독한 추위에 얼었던 땅이 따스한 봄기운에 녹아남에 따라서 추위를 피하노라고 방에 꾹 박혀있던 백제의 백성들도 길거리로 나다니기는 하지만 얼굴에는 음산한 기분과 근심이 서리어 있었다.

웬만한 근심, 웬만한 수심은 모두 녹여버리는 꽃의 시절인 봄이거늘 백제 창생(蒼生)의 근심은 이 시절의 힘으로도 녹여버릴 수가 없었다.

그들의 근심은 다른 것이 아니었다. 국왕의 방탕과 국력의 쇠약에 겸하여, 이 백제의 쇠약을 호시탐탐 기다리는 신라국의 태도가 그들의 근심의 근원이었다.

지금 왕 — 선왕(先王)인 무왕(武王)의 아드님으로서 지극히도 담략과 패기가 있는 분이어서 그 등극초에는 백제의 창생이 그야말로 이 명군의 아래 삼국통일의 대업이 이루어시리라고까지 믿었던 바이었다.

이 현철하고 용감하고 자비한 왕은 등극초에는 극력으로 국력양성과 국토확장에 힘을 써서 인방(隣邦) 신라 같은 나라는 백제에 병합이 되지 않나 생각하게 할 만하였다. 신라의 변방은 모두 이 왕의 정복한 바가 되고 미후성(獼猴城) · 대야성(大耶城) 등 신라의 거성이 모두 이 왕께 항복하여 백제의 영토가 되었다.

그러나 그 업적이 10년이 넘으면서부터는 왕은 이제는 안심을 한 탓인지 차차 안일에 빠지게 되었다. 3천 후궁을 데리고 매일 큰 연회를 열고, 혹은 사냥을 다니고, 여기 침닉한 왕은 이제는 국사를 돌보려 하지도 않았다.

국정이 차차 흐리게 되었는지라 국력도 자연히 쇠약하게 되었다.

왕이 현철하기 때문에 숱한 욕을 보고도 감히 대항할 생각을 못하던 신라는 백제의 왕도가 차차 흐려가는 기회를 타서 복수전의 준비를 차리기 시작하였다. 더구나 신라에도 태종무열왕(太宗武烈王: 신라의 제 29대 왕 金春秋)이 등극하고 명장 김유신(金庾信) 등이 대두하면서부터는 이제는 깔보지 못할 형세인 데다가 더욱이 복수의 일념까지 강하게 되었으니 백제의 마음 있는 자는 물론 근심치 않을 수가 없었다.

그런데도 불구하고 왕은 나날이 연락(宴樂)만 즐기고 왕도는 돌볼 생각도 안 한다.

이렇기 때문에 백제의 민심은 전전긍긍하였다. 춘삼월 — 좋은 시절이지만 백제 백성들의 얼굴에서는 겨울의 음산한 기운이 그냥 사라지지 않았다.

   *   *   *   *

인심은 흉흉하고 암담하지만 그래도 시절은 봄이라고 복숭아꽃·살구꽃이 민가의 울 넘어서 찬란한 빛을 자랑하고 있다.

그 꽃들을 음산한 낯으로 바라보면서 말고삐를 채며 하인도 간단히 가는 사람, 그는 이 백제의 재상 성충(成忠)이었다.

약간 부는 꽃바람에 나부끼는 백발을 성가신 듯이 왼손을 들어서 쓰다듬으면서 말을 재촉하여 대궐로 들어간다.

주색에 빠진 왕께 마지막 충간(忠諫)을 하여 보려고 예궐(詣闕)하는 길이었다. 그 새도 누차 간하여 보지 않은 바는 아니었지만 오늘도 최후의 역간(力諫)을 하여볼 결심으로 예궐을 하는 길이었다.

역간을 하여 그래도 듣지 않으면 자기의 이 늙은 목숨까지도 내어던지려 이미 가족과도 작별을 하고 자식에게는 뒤부탁까지 남김없이 하였다.

지금 입궐이 최후의 길, 만약 임금으로서 자기의 간을 용납하여 주면 이에 더 기쁜 일이 없겠거니와 그렇지 못하면 이 길이 마지막 길이로다.

나부끼는 꽃가지도 마지막 구경이로다. 이 애마의 안장도 마지막이로다. 밝은 일월도 마지막이로다.

나라를 위하여 바치는 목숨이 아깝기는 무엇이 아까우랴만 그래도 이 길이 마지막 길인가 하면 쓸쓸한 심사는 역시 억제키 어려웠다.

적적한 눈을 들어서 꽃빛을 보는 재상의 눈에는 엷은 눈물의 흔적이 있었다.

*　　　*　　　*　　　*

"나랏님!"

그 날도 좌우에 궁녀를 늘이우고 여전히 연락에 잠겨있는 어전에 성충은 꿇어 엎드렸다.

"나랏님!"

비오듯 쏟아지는 눈물.

"오오, 좌평(佐平: 성충의 벼슬 이름), 참 잘 오셨소. 마침 무료하던 때에……."

잘 왔다 하나 내심으로는 귀찮다는 기색이 분명하였다. 이 잔소리 잘하는 재상이 또 무슨 귀찮은 소리를 하려 함인가 하는 기색이 분명하였다.

"나랏님!"

"누구 좌평께 술을 따라라."

"나랏님!"

"좌평, 자 이 꽃 피고 새 노래하는 시절에 술이나 한 잔 받으시오."

궁녀가 따라가지고 성충의 앞에 갖다 놓은 술. 성충은 눈을 들어서 궁녀를 흘겼다. 그 서슬에 뒤로 물러가는 궁녀를 버려두고 이번에는 눈을 왕께로 돌렸다.

"나랏님!"

그러나 이 늙은이의 잔소리를 미리 짐작하는 왕은 피하려 달려들었다. 왕은 성충의 말을 못 들은 체하였다.

"어 취해. 누구 무릎을 좀 가져오너라."

그리고는 마치 취하여 정신을 못 차리겠다는 듯이 그 자리에 드러누울 준비를 시작하였다. 궁녀 한 사람이 빨리 무릎을 왕의 머리 아래로 받치려고 하였다.

성충은 왕의 내심을 뻔히 안다. 요만 술로는 왕은 이렇듯 취하지 않을 것이다. 단지 성충 자기를 피하기 위하여 취한 체하는 것이었다.

성충은 무릎걸음으로 왕에게 가까이 나아갔다. 그리고 손을 들어서 바야흐로 왕께 무릎을 바치려는 궁녀를 떼밀었다.

"노부(老夫)의 무릎 더럽고 뼈투성이입지만 성충의 무릎이옵니다. 받으시옵소서."

그리고 자기의 무릎을 왕의 머리 아래로 디밀었다.

한 각(刻),

두 각.

고요한 전내(殿內)에 왕께 무릎을 바치고 단정히 꿇어앉아 있는 늙은 대신.

머리에는 천 가지 만 가지의 생각이 왕래하였다.

돌아보건대, 이 임금의 통솔 아래 미후성 이하 신라 40여 주를 정벌할 때에 하늘 아래 이 임금을 당할 자 어디 있었더냐. 항복치 않으면 치고, 치면 반드시 이기는 전승군(全

勝軍)의 통수자로서의 이 용감하던 임금.

강대함을 자랑하던 신라도 이 임금의 지휘 아래는 마치 수레를 반항하는 당랑(螳螂)과 같지 않았던가. 온조(溫祚) 대왕 건국 이래 7백년에 가까운 백제가 이 왕의 초년만치 혁혁하였던 때가 있었더냐.

그렇던 왕의 오늘의 이 난정(亂政)은 어떠하냐? 지금 신라는 호시탐탐히 복수전을 꾀하고 있고 당나라까지 신라와 연합하여 변방을 침략할 기세가 보이는 이때에 국왕은 국사를 잊고 오로지 주색에만 잠겨있으니, 마음 있는 자 어찌 가슴 아프지 않으랴.

임금도 사람인 이상에는 때로는 유혹에 빠지기도 오히려 예사일 것이다. 신하된 자가 이런 때에 임금께 역간하여 임금으로 하여금 길을 돌게 하지 못하면 신도(臣道)를 다하지 못하는 바이다.

지금 백제의 조정에는 적지 않은 수효의 신하가 있다 하지만 신도를 다할 만한 신하가 과연 몇이나 되느냐. 이런 때에 임하여 선왕 때부터 받은 그 큰 은혜의 보답이 없으면 사람이 아니다. 이미 늙은 몸, 언제 죽더라도 아깝지 않은 몸 — 바치자. 나라와 임금을 위하여 바치자. 이 늙은 머리를 백제의 주춧돌로 삼자.

널따란 전각 안에서 왕께 무릎을 바치고 고요히 앉아있

는 늙은 재상의 얼굴에는 다시금 결심의 빛이 나타났다.

＊　　　＊　　　＊　　　＊

왕은 누차 눈을 뜨려 하다가는 다시 잠든 체하여 버리고 만다.

아아, 왜 이렇듯도 왕은 나를 꺼리느냐. 자기인들 편안하기를 싫어하며 놀기를 싫어하랴. 어의(御意)에 맞추어서 더욱이 총애나 사면 일신에 오죽 편안하랴. 그러나 그런 일을 하지 않고 성의에 거슬리는 일을 하려는 것은 오로지 나라를 위함이요 임금을 위함이어늘 임금께서는 왜 이다지도 자기를 꺼리시나.

또 한 각, 두 각.

그냥 성충이 지키는지라 그냥 일어나지 못하는 왕께 그래도 무릎을 그냥 받치고 있는 재상. 발이 저리고 오금이 쏘았다. 늙은 몸, 가만 누워있을지라도 사지가 쏠 것이어늘 이렇듯 움쩍을 못하고 있으니까 온 몸이 거의 쓰지 못하리만치 저리다.

그러면서도 그냥 움쩍을 않고 있는 이 마음을 임금께서는 왜 몰라주시나?

눈물이 핑 돌았다.

그 돌던 눈물은 드디어 눈시울에 맺혔다. 맺혔던 눈물은 툭 떨어졌다.

성충은 깜짝 놀랐다. 눈물이 용안(龍顔) — 이마에 떨어진 것이다.

순간 왕이 벌떡 일어났다. 아직껏 깊이 잠든 체하던 왕이 한 방울 눈물에 벌떡 일어난 것이었다.

일어나는 순간, 소매를 들어 이마를 닦았다.

"엑, 더러워!"

펄떡 놀라서 물러앉는 늙은 재상을 흘기는 왕의 눈자위는 무서웠다.

"더러워! 비즙(鼻汁)을!"

"나랏님."

"그래, 내게 비즙을!"

"나랏님."

"누구 없느냐. 소세할 물을 가져오너라!"

이 소란에 궁녀 몇이 전내로 달려왔다.

"소세할 물을 가져오너라. 좌평이 비즙을 내게 뿌렸다. 에익, 더러운, 괘씸한!"

"나랏님! 비즙이 아니오라 소신의 눈물이옵니다."

"소세할 물을!"

궁녀의 갖다 바치는 소세물에 왕은 더러운 듯이 용안을

활활 씻었다. 그리고는 벌떡 일어서서 내전으로 들어가려 하였다.

이제는 최후의 길밖에 없었다. 이제 임금을 놓쳤다가는 다시는 임금은 자기를 보지 않을 것이다. 다시 임금을 보지 못하면 다시는 간을 할 기회도 없을 것이다. 이 기회를 놓쳤다가는 이 왕께 다시 간할 기회가 없는지라 이 마지막 기회는 결코 놓쳤다가는 안 된다. 예사로운 간을 왕이 듣지 않는 때에는 최후의 방도를 쓰려던 그 방도를 쓸밖에는 도리가 없었다.

성충은 한 걸음 뛰었다. 떨치는 왕의 소매를 꽉 붙들었다.

"나랏님."

"에익!"

"나랏님. 잠깐만!"

"소매를 놓오."

"못 놓겠습니다. 나랏님. 잠깐만 앉읍서요."

"누구 좌평을 끌어내라!"

왕령에 좌우로 모여드는 궁액(宮掖)들에게 성충은 몸을 틀어서 돌아보며 고요히 호령하였다.

"물렀거라!"

이 늙은 재상의 위세에 주춤하는 궁액들을 깔보며 성충

은 몸을 일으켰다."

"나랏님."

일어선 성충. 말로는 나랏님이라 하나 억압하는 태도였다.

"나랏님. 잠시 진정합시오. 소신의 주상하는 바를 들어주시기를 바라옵니다. 아니, 소신의 주상이 아니오라 선묘(先廟) 폐하의 유탁(遺託)에 의지하온 선묘의 유지를 소신이 대언(代言)하는 바이옵니다. 선묘 대점시(大漸時: 임금의 병세가 점점 심해질 때)에 소신을 와내(臥內)에 부르오시고 소신께 나랏님을 부탁하시던 그 유탁을 나랏님께오서도 기억하실 것이나, '천추만세후에 이 성충을 나로 알고 의지하고 믿고 어려운 일이 있거든 의논해라' 합시던 유탁, 나랏님께오서는 벌써 잊으셨습니까? 그 거룩하신 유탁에 의지하여 오늘 소신이 주상하옵는 말씀, 이는 소신의 말씀이 아니오라 선묘의 어명이옵니다."

고요한 전내에 울리는 성충의 말.

"나랏님! 정신을 차립쇼. 온조대왕 이래로 칠백년간을 면면히 물려내려온 이 사직이 바야흐로 위태롭지 않습니까? 이 사직 여차하는 날에는 나랏님은 무엇으로서 사죄를 하시렵니까. 술을 삼갑쇼. 계집을 삼갑쇼. 정신을 차립쇼. 신라의 군비를 경계할 줄을 아십쇼. 당적(唐賊)을 방비할 꾀를 아십쇼. 지금 정신차리지 않았다가는 한을 천추에 남기리리다. 충신의 충언을 쓰다 마십쇼.”

위연(威然)히 서서 왕을 호령을 한 뒤에 성충은 뒷걸음쳐 물러서 다시 꿇어 엎드렸다.

“나랏님.”

할말을 다 한 뒤에는 목이 메어 말이 나오지 않았다.

“나랏님, 나랏님.”

눈물만 비오듯 하였다.

*　　　*　　　*　　　*

성충은 드디어 왕옥(王獄)에 갇힌 바 되었다. 용안에 콧물을 떨어뜨렸다는 것이 제1 죄안(罪案)이었다.

왕령을 거슬렀다는 것이 제2 죄안이었다.

신하의 도리로 왕을 호령하였다는 것이 제3 죄안이었다.

이 태평성대에 요망스러운 소리를 하여 민심을 소란케 한다는 것이 제4 죄안이었다.

이러한 명목으로 성충을 옥에 내린 뒤에 이제는 더 간쟁을 할 신하도 없는 시원한 천지에서 왕은 더욱 더 주색을 즐겼다.

마음에 간하고 싶은 생각을 가진 신하도 없는 바는 아니었다. 그러나 간한댔자 마이동풍이며 효력 없는 간을 한 뒤에는 제 몸에 재앙이 내리겠는지라 모두 입을 봉해버렸다. 그리고는 이 난륜의 왕을 피하기 위하여 조정을 떠나서 농사나 벗을 하였다.

이제는 차차 충신은 떠나는 조정에서 왕과 소인배들이 제멋대로 놀아나서 조정은 난잡탕이 되고 암담한 기분은 온 백제를 덮었다.

*　　　*　　　*　　　*

옥에 갇힌 성충.

왕의 노염을 사기 때문에 받은 악형으로 인하여 찢어지고 부서지고 늙은 몸을 옥 안에서 전전히 구르면서도 그래도 국사는 잊을 수가 없었다.

가만 생각하면 생각할수록 가까운 장래에 반드시 큰 전쟁이 있을 것이다. 나날이 창성해 가는 신라와 나날이 위축해가는 백제인지라 반드시 가까운 장래에 전쟁이 벌어질 것이다.

이때를 방비할 자 누구냐. 이때에 임하여 이 국운을 그래도 버티어 볼 자 누구냐.

몸과 마음이 너무도 아프기 때문에 잠도 못 자고 음식도 받지 않았으므로 이제는 손가락 하나 움직일 수도 없도록 쇠약한 성충이었다. 늙은 몸에 받은 외부적 상처와 아울러 불면불식(不眠不食)으로 말미암아 받은 생리적 쇠약까지 겸한 위에 또한 심로(心勞)까지 합친지라, 이제 다시 생명이 유지되기는 가망도 없었다.

어차피 수일내로 죽을 몸. 단지 그래도 마음에 걸리는 바는 망국유신(亡國遺臣)이 되리라는 근심이다.

온몸이 쑤신다. 부서진 뼈의 마디마디가 숨쉴 때마다 버걱버걱 한다.

이 고통 아래서 망연히 창으로 우러러 보면, 그래도 봄이라고 창틈으로는 멀리 꽃가지가 보인다.

"봄!"

아아. 백성의 마음에는 언제나 봄이 이르려느냐.

*　　　*　　　*　　　*

며칠이나 지났는지 모른다. 옥 안에서 지내는 날은 짧은 듯하고도 길고, 긴 듯하고도 짧아서 밝았다가는 어둡고 어두웠다가는 도로 밝는 날이 벌써 며칠이나 지났는지.

그 어느 날 아침, 성충은 간신히 몸을 일으켰다. 부석부석 몸을 일으킬 때에 부러진 다리뼈가 가죽을 뻗치어 유난히도 두드러진다.

몸을 일으킨 성충은 겨우 부비적 부비적하여 북향(北向)하여 돌아앉았다. 그리고 잠시 합장을 하고 있다가 간신히 꿇어 엎드려 절을 한 뒤에 자유로이 움직이지 않는 팔을 겨우 써서 어떻게 자기의 속옷을 벗었다.

그 속옷을 무릎 앞에 폈다. 그런 뒤에 손가락을 입에 넣고 힘을 주어서 깨물었다.

딱! 하는 소리와 함께 입안으로 뜨거운 피가 수르르 떨어질 적에 성충은 그 손가락으로 펴놓은 속옷에 마지막 상소문을 썼다.

'전하께 마지막 상소로소이다.

전하는 소신을 잊으셨겠사오나 소신은 전하를 잊을 수 없사와 죽음에 대하여 마지막으로 또 한 번 상소하나이다.

어지럽고 아픈 몸이오라 문식(文飾)은 할 여가가 없사오니 소신의 생각하는 바만 황황히 기록하나이다.

지금 시세의 변함을 살피옵건대 반드시 가까운 장래에 큰 전쟁이 있을 줄 믿사옵니다. 전쟁에는 선공(先攻)을 상으로 삼되 선공이 불능한 때는 방비라도 충분히 하지 않으면 안 될 것이오니, 우리나라의 지세를 살피옵건대 상류에 진(陣)하여서 적을 막은 후에야 능히 국토를 보전할 수가 있을

것이오니 적병이 강역을 침노한다 할지라도 육로로는 탄현
(炭峴)을 굳게 지키고 수로로는 기벌포(伎伐浦)를 힘써 막아
오면 적병이 능히 경도를 침범치 못할 줄 아오니 전하 비록
유연(遊宴)에서 떠나실 여가가 없으시더라도 장군 계백(階
伯)에게 하명하와 이 두 길만이라도 미리 방비하여 두오시
면 소신 죽을지라도 능히 눈을 감을 수 있겠사옵니다.

차차 정신이 혼미하와 더 아뢰지 못하옵니다. 전하 만수
무강하옵소서. 소신은 황천에서 전하와 백제의 만만세를
축수하오리다.'

*　　　*　　　*　　　*

피가 마르면 다시 손을 깨물고 하여 간신히 썼다. 그 뒤
에 또 한 장, 장군 계백에게도 쓰려고 하였으나 이제 더 기
운이 없었다.

성충은 옥사쟁이를 불러서 이 상소문을 전하였다. 그런
뒤에는 그 자리에 고요히 엎드렸다.

*　　　*　　　*　　　*

성충의 상소문이 대궐에 들어온 것은 왕이 여전히 후원

에 자리를 하고 큰 잔치를 할 때였다.

왕은 처음에는 무엇인지 모르고 그 옷소매를 받아 펴보고 깜짝 놀랐다. 옷소매에 아직 마르지도 않은 피의 흔적은 왕의 가슴을 서늘하게 하였다.

왕은 그 상소문을 휙 내던졌다. 무슨 더러운 물건이라도 만진 듯이 손까지 털었다.

그날 성충을 옥에 내린 뒤에는 성충의 존재를 벌써 잊어버렸던 왕이었다. 왕의 좌우에 모시는 소인들도 성충에 관한 말은 일체 하지 않았다. 그래서 기억에서 사라졌던 일이 이 피묻은 옷소매 때문에 다시 소생한 것이었다.

"이게 뭐냐, 더럽게. 멀리 집어치워라!"

성충의 이 마지막 혈서도 읽어보려 하지도 않았다. 그리고 이 즐거운 연희의 흥을 깨뜨린 더러운 물건이라 하여 그냥 내버렸다. 이 날 장군청에 입직(入直)해 있던 계백 장군은 연희장에서 수군수군 새어나오는 이 소문을 어렴풋이 들었다.

뜻 있는 신하들은 한 사람 두 사람 모두 물러간 이 백제 조정에 그래도 아직 한 사람이 남아 있었다. 임금이 황음(荒淫)하다고 나라를 버리면 이 나라를 지킬 자 누구냐? 이제라도 신라의 연합군이 몰려오면 이 나라를 지킬 자 누구냐? 이러한 마음으로 동료들이 모두 은퇴하고 소인들만 남아

있는 이 조정에 노장군 계백은 그냥 홀로 남아 지키고 있던 것이다.

그 약관시대(弱冠時代)부터 선배로 섬기며 함께 나라를 지켜오던 성충을 옥에 보내고 항상 마음을 쓰던 이 노장군은, 이날 이 소문을 듣고 곧 연희장인 후원 근처로 들어갔다. 그리고 궁액(宮掖)을 불러서 아까 성충의 혈서를 어디다 버렸는가 물어보았다.

장군은 그것을 얻어내었다.

자자구구(字字句句)가 충국의 글자로 된 피글씨를 얻어 편 노장군은 묵연(默然)히 서서 탄식하였다. 그의 굳게 닫긴 눈가에서는 눈물이 줄줄 주름살 잡힌 얼굴로 흘러내렸다.

"성좌평, 계백이 아직 살아있는 동안에야 어찌 좌평의 뜻을 저버리리까? 좌평의 심모원려(深謀遠慮), 전하께옵서 불고하신다 해도 계백이 맡아서 당하리다."

어서 좌평을 가서 만나보자. 글로 보매 임종도 목첩간(目睫間)인 모양, 임종하기 전에 가서 마지막 손이라도 잡아보고 마지막 위로라도 하여서 눈을 감게 해드리자.

계백은 성충이 갇혀있는 왕옥(王獄)으로 걸음을 빨리하여 갔다.

*　　　*　　　*　　　*

"옥문을 열어라!"

노장군의 위엄 있는 호령에 옥사쟁이는 문을 열었다.

옥사쟁이가 열어주는 문으로 썩 들어서 보매, 성충은 북향하여 고요히 엎드려 있다. 옥에 갇힌 이래 빗질을 못하여 산산히 헤진 그의 백발의 머리가 움직임도 없이……. 계백은 잠시 기다렸다. 성충이 일어나든가 몸이 움직이기를…….

반 각(刻), 거의 한 각이나 지나도 성충은 그냥 그 자세대로 엎드려서 움직이지를 않는다. 여기서 비로소 의심이 덜컥 난 계백이 달려가서 성충을 흔들어보매, 성충의 몸은 벌써 차디찬 주검으로 변하여 있다. 갑자기 옥 안에서 나는 이상한 소리에 옥사쟁이가 놀라서 달려와보매, 노장군 계백이 성충의 시체를 쓸어안고 발을 구르며 호랑이 같은 소리로 통곡을 하는 것이었다.

암운(暗雲)의 송경(松京)

이태조 등극 후에 고려 유신(遺臣) 72인은 태조께 귀화하기를 꺼리어서 만수산 아래로 피하여서 거기 숨어 문을 닫고 나오지 않고 정부에서 부르면 그들은 채찍을 들고 나와서 '우리들은 장사치나 되겠다'고 하면서 서로 다투어 피한다. 하릴없이 그들을 모두 죽여 버렸다.(李太祖受命初, 七十二生不肯歸化, 設門於谷外閉而不開, 令不擧則執鞭而出曰, 吾將行商, 爭先走避, 以至殺身成仁 — 趙遠命의 記蹟碑 中 一節)

태조가 고려의 유민들을 부르고서 경덕궁에 친림(親臨)해서 과거를 볼새, 72인은 관을 벗어 던지고 패랭이를 쓰고 초석(草席)을 지고 경덕궁 앞재를 넘어서 모두 피하여 한 사람도 나오는 사람이 없었다. 태조 진노하여 그들의 오막 살이를 불 놓았다.(太祖親臨敬德宮, 設科欲爲招諭, 七十二 子解冠代着蘆笠負草席, 踰敬德宮前峴而去, 無人就試, 太祖 震怒, 命焚其盧 ─ 實記 中 一節)

명(明) 태조 홍무 25년 임신(壬申) 7월 열 엿새날.

그간 500년간을 누려오던 왕씨의 사직이 넘어가고 이제 까지는 수문하시중(守門下侍中)으로 있던 무장 이성계가 왕 위에 올라서 이 삼천리 강토를 호령하게 되었다.

오래 벼르던 야망을 여기서 성공한 신왕(新王)의 득의는 여간이 아니었다.

돌아보건대 청년시대에 안변(安邊) 설봉산(雪峰山) 토굴에 숨어있는 중 무학에게서 "그대는 장차 왕이 되리라"는 예언 을 들은 이래, 그의 마음속에 깊이 새겨져서 잊히지 않던 야망을 여기서 비로소 성공을 한 것이었다.

공민왕(恭愍王) 때에는 그때에 재상 신돈(辛旽)이의 위력 에 눌리어서 어디 감히 엿볼 기회조차도 없었지만 신돈 죽 고 그 뒤로 공민왕도 승하하고 어린 임금 우왕(禑王)이 등극 한 이래로 차차 차차 구체적으로 꾸미어 오던 놀라운 연극 이 오늘날 성공을 한 것이었다.

어제까지도 같은 왕의 아래서 함께 신하로 지내오던 동

료들이 오늘부터는 당신의 앞에 허리를 굽히고 신사(臣仕)를 하는 모양도 공명심의 한편 모퉁이를 두드려주는 통쾌한 일이었지만 그것보다도 삼천리 강토 — 국조 단군에서 비롯하여 삼천 팔백년간을 동방의 예의의 나라로서 이름 있는 오랜 강토 선조(先朝) 태조 왕건이 모두 통일하여 한 덩어리로 만들은 이 커다란 땅이 오늘부터는 당신의 것이라는 점을 생각할 때는 무엇에 비길 수 없이 기뻤다.

'이미 내 손안으로 들어온 이상은 좋은 국가를 만들어서 첫째로는 이 백성으로 하여금 편안한 생활을 할 수 있게 하고, 둘째로는 내가 단지 사직을 탐내어 반역한 것이 아니라는 점을 밝히 알리어 둘 필요가 있다.'

이리하여 신왕은 이 새로 얻은 사직을 튼튼히 할 계획을 세웠다.

*   *   *   *

그러나 신왕은 한 가지의 길을 깊이 생각하지 않았다. 그 새 천여년간을 이 나라의 국교(國敎)로 되어온 유교가 가르친 바 '충신은 불사이군(不事二君)'이란 사상이 깊이깊이 이 백성의 마음에 새겨져 있는 점을 이 신왕은 잊은 것이었다.

그 사이 고려 왕조를 섬길 때부터 이 신왕과 밀계(密計)를 같이하던 재상(정도전, 조준, 남은, 심덕부, 배극렴, 정탁, 그밖) 들은 이 새 국가를 찬성하였지만 고려조의 다른 신하들은 신왕의 부름에 응하지 않았다.

전조(前朝) 명유(名儒) 가운데 아직 남은 이색(李穡)이며, 길재(吉再), 원천석(元天錫) 등등 재상들을 불러보았지만 이 부름에 응하는 사람이 없었다.

그래서 그 뒤에는 먼젓번 불러본 사람에게 버금가는 사람들을 불러보았지만 그래도 역시 응하는 사람이 없었다.

전조 공민왕 때부터 등과(登科)를 해서 그 벼슬이 삼중대광(三重大匡) 시중(侍中)에까지 미치고 그의 높은 학문으로서 고려 온 백성의 흠앙을 받는 명유(名儒) 이색은 신왕과 본시부터 교분이 깊었다.

그래서 신왕은 등극하면서 곧 이 유명한 학자를 불렀다. 이 학자를 자기네 편에 끼기만 하면 이 학자를 흠앙하는 많은 선비와 백성이 국가에 귀화하겠으므로.

그러나 이 유명한 선비가 신왕에게 취한 태도는 어떠하였나.

신왕의 부름에 응하여 이색은 입궐(入闕)은 하였다. 그러나 신왕께 대하여 가벼이 읍(揖)할 뿐 절하지 않았다. 불쾌한 일을 참고, 신왕은 탑(榻)에서 내려 정중히 이색을 맞았다.

그러나 좀 뒤 시강(侍講) 때에 왕이 다시 탑에 오르매 이색은 벌떡 일어나며,

"이 노부(老夫)는 앉을 자리가 없소이다."

하며 딱 버티고 섰다.

너무도 무엄한 일이었다. 그러나 왕은 또 참았다. 그러고 간곡한 말로 이 새로운 나라를 도와 달라고 간청을 하매, 이색은,

"망국의 늙은 선비가 외람되이 무엇을 지껄이리까. 늙은 몸이 고향에 돌아가 해골 묻을 자리나 준비하게 해주시면 다행이겠습니다."

하고 그냥 어전을 물러나가버렸다.

그러고 이내 그 뒤 4년간을 산수간에 방황하다가 4년 뒤 5월 어떤 날 여주 앞 강에서 뱃놀이를 하던 중 갑자기 망국의 유한을 품은 채 수수께끼의 죽음을 하여 한 많은 일생을 마치었다.

정몽주, 이색과 함께 삼은(三隱)으로 이름 있는 길재(冶隱 吉再)는 또 어떠하였는가.

길재는 고려조 창왕(昌王)시대에 문하주서(門下注書)로 있었다. 그러다가 지금의 신왕 그때의 이시중이 창왕을 신돈의 종자라는 누명을 씌워서 왕위에서 들쳐내고 공양(恭讓)을 세울 때에 분연히 관직을 모두 내던지고 고향 선주(善州)

로 내려가서 그의 늙은 어머니를 봉양하면서 여생을 보내고 있었다.

지금의 신왕의 다섯째 아드님인 방원대군과 동문수학을 한 사이였다. 그런 인연으로 신왕이 등극을 하고 길재를 불러보았다. 그러나 길재는 나오지 않았다. 부르는 때마다 매번 글월로서 사양하는 뜻을 나타낼 뿐 움직이지도 않았다. 그로부터 썩 뒤에 방원은 관부에 명해서 억지로 길재를 서울까지 데려왔다. 그리고 박사를 제수하였으나 길재는 여전히 입궐치도 않고 그냥 사퇴해 버리고,

"계집에게는 두 지아비가 없고 신하에게는 두 임금이 없다 하옵니다. 포의 본시 한미한 선비로서 전조에 벼슬하여 문하주서에까지 이르렀는데 불행히 임금을 잃은 바 되었사오니 이제는 포의로 하여금 고향에 돌아가 늙은 어머니나 봉양하며 여생을 보내게 하여 주시기를 바라나이다."

이런 뜻의 글월을 올리고는 다시 고향으로 숨어버렸다.

조윤(趙胤)은 이 신왕의 총신(寵臣) 조준(趙俊)의 아우였다.

그러나 형과 뜻을 달리한 조윤은 신왕을 섬기려 하지 않았다.

일찍이 아직 고려왕조 시대에 윤은 형 준의 마음에 반란의 뜻이 있는 것을 보고 통곡하면서 형을 말린 일이 있다.

"우리 집안은 이 나라의 귀한 동량이 아니오니까. 이 국

가와 운명을 같이 해야 할 우리부터가 이러해서야 어떻게 하겠습니까."

하면서 이시중(李侍中: 벼슬이 시중인 이성계를 가리키는 말)과 떨어지기를 간원하였다.

형 준은 아우와 뜻을 달리 하고 이시중과 결탁하여 새 나라를 결탁하였다. 그러나 자기는 이 새 나라의 개국공신이 되었으나 낡은 나라에 그냥 충성된 동생의 안위가 근심되어 개국공신의 이름 가운데 동생의 이름까지 적어 넣었다. 이 덕에 조윤은 개국초에 호조전서(戶曹典書)를 제수하게 되었다.

그러나 뜻에 없는 벼슬을 받은 윤은 즉시로 이것을 거절하였다. 그리고 지금껏 써오던 자기의 이름 '윤(胤)'을 '견(犬)'이라고 고치고 자(字)를 '종견(從犬)'이라 하고 두류산(頭流山) 속에 들어가 숨어버렸다.

"나라를 잃고 죽지 못한 것은 개나 다름없다."

"주인을 잊을 수 없는 것이 개와 같다."

이러한 뜻 아래서 스스로 '개'라 부름이었다.

두류산에서 다시 청계산(淸溪山)으로 — 산에서 산으로 방황을 하며 봉오리에서 올라가서는 서울을 바라보고 통곡하고 하므로 남들은 그 봉오리를 망경봉(望京峯)이라 일컬었다.

그 썩 뒤에 왕은 이 충성에 감복하여 몸소 그를 만나보았는데 조윤 — 변하여 지금은 조견 — 은 역시 절하지 않고 불경한 말을 함부로 하였다. 왕은 모두 관대히 보았다. 그리고 산에 돌집[石室]을 지어주어서 거기 있으라 하였으나 조견은 그것도 싫다 하여 양주 송산으로 또 피하여 버렸다.

구조(舊朝)의 학자로 원천석(元天錫)도 불러보았지만 원천석도 역시 움직이지 않았다. 그 후년 태조는 몸소 치악산 속에 원천석을 찾은 일이 있었지만 원천석은 몸을 피하여 만나기까지 않았다.

*   *   *   *

이 원천석이 후일 죽을 때에 자기의 자손에게 유언한 것이 있다. 즉 천석 생존시에 저술한 야사(野史)를 넣어둔 궤짝이 있는데, 그것을 이후 언제든 후손에 성인(聖人)이 나지 못할진대 열어보지 말라는 것이었다. 그러나 4대를 지나서 후에 드디어 그 궤짝을 열어보았다. 그 속은 고려 말년에 사실이 그대로 적힌 야사가 들어있었는데 말하자면 이씨조선에서 만들어낼 고려사(高麗史)와는 대상부동(大相不同)한 것으로서 그것을 발견한 후손들은 망지소조(罔知所措)하여 이런 것을 그냥 두었다가는 멸족을 당하겠다고 즉시로 불

살라버렸다.

김자수(金自粹)는 신왕과 본시부터 친교가 있는 사람으로서 신왕 등극하여 몇 번을 불렀지만 응치 않고 마지막에 태종이 형조판서의 벼슬로 부를 때에 김자수는 당일로 가묘(家廟)에 하직하고 추령으로 몸을 피하여

"오늘날이 있을 줄야 뉘 알았느냐."

고 통곡하고 독약을 먹고 자살하였다.

김진양(金震陽) · 서견(徐甄) · 이숭인(李崇仁) · 이집(李集) · 이고(李皐) · 윤충보(尹忠輔), 그 밖 누구누구 할 것 없이 모두 불러보았으나 모두 한결같이 이 신왕을 피하여 몸을 숨겨버렸다.

뿐만 아니었다.

도대체 백성들부터가 이 신국가 건설에 대하여 냉담하기가 짝이 없었다.

새 국가의 재상들이 위의당당히 행차를 늘이고 길을 가면 백성들은 모두 모퉁이로 들어가 숨지만 이것은 경의를 표하는 것이 아니라 눈허리 시어서 보기 싫어 피하는 것이었다.

재상들의 행차는커녕 왕의 거둥에 대하여도 백성들은 문을 굳이 닫고 나와 보지를 않았다.

공민왕으로부터 우왕, 창왕, 공양왕의 네 대에 고려임금

을 섬긴 경험이 있는 신왕으로서는 이 일로 매우 마음에 걸리었다.

고려조 시대에는 왕의 거둥이라도 있으면 가가호호의 남녀노소가 모두 길에 나와서 환호성을 내며 절하여 거둥을 보지 않았던가. 더욱이 소년왕 우(禑)는 흔히 홀로이 말을 타고 나다닌 일까지 있었는데, 이 소년왕의 영특한 자태가 궁문밖에 나타나면 백성들은 모두 왕을 에워싸고 기쁨에 넘치는 축수를 드리지 않았던가. 이리하여 그때는 왕과 백성은 그야말로 부자(父子)의 사이와 같은 친애를 서로 주고 받지 않았던가.

거기 반하여 지금의 상태는 너무도 쓸쓸하였다.

당신과 당신 신하들은 모두 새 국가를 건설하였다고 기쁘다 덤비지만 함께 기뻐하여 주어야 할 백성들은 왜 그다지도 무관심한가. 무관심을 넘어서 찬 눈으로 보고들 있나.

말하자면 이 새 나라는 온 국민의 나라가 아니라, 당신네 수개인의 나라인 듯한 감이 들었다.

"당신네는 당신네끼리, 우리는 우리끼리."

백성들의 새 나라에 대한 태도는 이런 종류의 것이었다.

이것은 웬 까닭일까.

*　　　*　　　*　　　*

돌아보자면 당년보다 더 500년을 소상(溯上)하여 고려왕국 건설 초.

위걸(偉傑) 왕건(王建)이 일어나서 삼국을 통일할 때.

천년의 기나긴 신라 사직을 신흥 고려 태조 왕건이 곱다랗게 물려받은 때 신라의 백성들은 아무 말 없이 이 새 임금을 섬기지 않았는가. 신라의 재상들은 아무 말 없이 새 임금께 신사하지 않았던가. 신라의 왕까지도 이 새 임금의 인격에 탄복하여 스스로 나라를 바치고 당신의 가족까지 거느리고 고려 서울로 와서 여생을 보내지 않았던가.

일천년의 긴 사직이 남의 손으로 넘어갈 때에도 사소한 거침도 없었거늘 지금 겨우 5백년의 사직이 넘어가는데 왜 이다지도 말썽이 많은가.

더구나 왕건이 백제를 합칠 때는 수차 군사의 힘까지 빌었거늘 당신이 고려를 삼킨 것은 한 개의 병력도 사용하지 않았다. 그럼에도 불구하고 이 나라의 낡은 신하와 백성들은 왜 이다지도 냉담한가.

한 개의 국가라고 하는 것은 임금과 백성이 합하여 비로소 성립되는 것. 지금 이 새 나라는 임금은 있으나 백성이 없다.

여기서 이 새 임금은 비로소 덕화(德化)라는 점을 느끼었다. 지금 이 나라의 백성들은 당신의 위력에 당치 못하여 반대성(反對聲)은 못 올리나, 위력으로는 머리는 수그리게 할 수 있지만 마음을 수그리게 할 수는 없다는 점을 비로소 느꼈다. 그리고 덕화의 방면을 베풀기 위하여서는 당신은 그 그릇이 아님까지도 알았다.

이리하여 급거히 무학대사를 부르기로 하였다.

이전 안변 설봉산 토굴에서 만나본 일이 있는 무학대사는 오늘날 신왕 당신께 결함된 듯한 덕화의 방면을 넉넉히 보충할 수 있음직하였다.

풍문에 들리는 바에 의지하건대 무학대사는 지금 관서(關西) 어떤 산에 숨어있다는 말이 전한다. 왕은 경기, 황해, 평안의 세 방백(方伯)에게 급령(急令)하여 무학대사가 있는 곳을 알아서 모셔오라 하였다.

그러면서도 그냥 근심되는 것은 무학대사가 와줄는지 어쩔지 하는 점이었다. 부르는 사람마다 모두 피하기만 하니깐 무학대사도 안 올 것 같이만 생각되었다.

* * * *

등극한 지 얼마를 지나지 않은 그 어떤 날 왕은 편전(便殿)에서 총신(寵臣) 몇 사람과 같이 앉아서 이 새로 이룩한 나라를 조리할 방략을 의논하다가 문득 탄식하였다.

"내가 왜 이다지도 덕이 없담."

"?"

대신들은 의아하여 눈을 들었다.

"내 덕이 공양왕(恭讓王)보다도 부족할까. 공양은 섬겼지만 이성계는 못 섬기겠다?"

대신들은 묵묵하였다. 대답할 바를 모른 것이다. 그들도 다 같이 맛보는 쓰디쓴 일. 그들 끼리끼리는 소위 나라를 이룩했다고 좋다고 덤비지만 함께 즐겨하여 주는 사람이 없는 싱거운 나라이었다.

한참을 묵묵히 있은 뒤에 이번 개국공신 중 가장 지혜 많은 정도전(鄭道傳)이 비로소 입을 열었다.

"전하. 과거를 한번 보여보면 어떠하올는지."

"?"

"과거를 한번 보여서 구신(舊臣) 중에 단 한 사람이라도 취시(就試)하는 사람이 있사오면 뒤따라 다른 구신들도 오는지도 모르겠습니다. 사람의 마음이란 이상하여 선뜻 혼자서 앞장서기는 힘들지만 앞장서는 사람만 있으면 뒤따르는 사람도 있을까 하옵니다."

지혜주머니라 불리는 정도전의 의견이니만치 일리 있는 말이었다.

"올까?"

"글쎄올시다. 일변 과거령을 내고 뒤로는 과거에 취시토록 등을 밀면 안 나오려야 할 수 없겠습지요."

"등을 어떻게 밀겠소?"

"새 정부의 첫 번 과거이니까 전조(前朝)에 벼슬했던 사람도 다시 취시를 하지 않으면 전조 벼슬은 깎아 없이해 버린다 하고, 또 일변으로는 사람을 놓아서 전조의 태학생(太學生)이며 무변(武弁)들이 이번 과거에 취시하지 않으면 아마 후환이 있으리라는 소문을 민간에 퍼뜨려놓으면 겁 많은 선비깨나 혹은 욕심 있는 무변깨나 올는지도 알리이까. 그러고 단 몇 명이라도 벼슬을 주어놓으면 체면상 앞장서서 못했던 전조 구신들도 혹은 어슬렁어슬렁 기어 나올는지도 어찌 알겠습니까."

하면서 정도전은 빙긋이 웃었다.

그럴듯한 말이었다. 잠시 뒤에 왕도 빙긋이 웃었다.

"어디 해 보아야 손해될 일은 없으니 해보도록 절차를 차리어 보시오."

이리하여 그 이튿날에는 이 정부 첫 번의 과거령이 내렸다. 거기는 정도전의 의견대로,

일. 문과와 무과를 본다.

일. 전조에 벼슬하였던 사람이라도 이번에 다시 취시하지 않으면 전조의 벼슬은 인정치 않는다.

일. 새 조정에 대하여 혹은 꺼릴 만한 일을 한 사람이라도 이번에 취시한 사람에게 한해서는 이전의 죄를 말하지 않는다.

일. 이번의 과거는 이 조정의 첫 번 일이므로 전조 구신들에게도 특별히 취시하기를 허락한 바이나 이 다음 번 과거부터는 전조에 응시하였던 사람들은 조정에서는 다시 받지 않는다.

이러한 (위협미를 꽤 많이 띤) 과거령이 났다.

그리고 그 한편으로는 사람을 놓아서 전조에 취시했던 사람으로서 이번 과거에 취시하지 않으면 이것은 분명히 새 나라에 열복치 않는 것으로 보아서 아마 엄벌이 있을 듯하다는 소문을 널리 퍼뜨렸다.

*　　　*　　　*　　　*

첫날은 문과.
이튿날은 무과.
이렇게 배정되었다.

그 첫날 문과시일에 왕은 총신들을 거느리고 과거장인 경덕궁(敬德宮)에 거둥하였다.

돌아보아야 모두 초조한 얼굴이었다.

몇 명이나 오려는가.

그 새 내밀히 조사한 바에 의지해도 얼마가 올 것 같지 않았다. 시골서도 그다지 온 것 같지 않았다.

이 군신이 모두 잘 아는 바이어니와 이전은 과거 때가 가까워 오기만 하면 서울 장안의 선비며 무부들은 막론하고 온 고려 방방곡곡에서 밀려온 무리들로 서울은 물끓듯하지 않았는가. 어디를 가도 그 소리, 어디를 가도 그 공론. 거리, 골목, 교외, 장안 할 것 없이 과거 때문에 물끓듯하고 서울을 처음 구경하는 시골 과거객들의 두룩거리는 모양이 골목이고 거리고 안 보이는 곳이 없지 않았던가.

그랬는데 이번은 너무도 쓸쓸하였다.

시골서는 몇 사람 온 듯하였다. 그러나 왔댔자 몇 사람이나 될까.

"전하. 취시할 시골 무부(武夫)들 때문에 장안은 매우 소란한 모양이옵니다."

이렇게 아뢰는 신하도 있기는 있었지만 그것이 거짓인 줄은 군신이 다 잘 아는 바다.

초조히 그래도 기다리는 과거시각.

이전 같으면 시각에 늦지 않으려고 미리부터 과거장에는 사람이 구름같이 모여있고 왕은 느지막이 거둥을 하는 것이었지만 이번에는 왕이 거둥한 뒤에도 시험장에는 겨우 시골선비 몇 명이 두룩거리고 있을 뿐이었다

그 날 과거는 시작을 늦어서 한 각(刻)이나 더 기다려본 뒤에야 시작하였다.

그러나 텅 빈 과장(科場)에는 시골선비 몇 명이 꿈틀거리고 있었을 뿐이었다.

그리고 그 날 과거시각쯤 하여 왕이 임어(臨御)한 경덕궁 정전에서 건너다 보이는 언덕마루에는 괴상한 행색의 인물이 뒤를 이어서 서쪽으로 넘어갔다.

도포를 입고 패랭이를 쓰고 등에는 멍석을 진 수상한 무리들. 한 눈발도 이 경덕궁 쪽으로 던지지 않고 머리를 푹 가슴에 묻은 채 더벅더벅 한 사람이 지나가면 그 뒤로는 또 한 사람이 달리고 또 그 뒤로도 달리고, 이리하여 적지 않은 수효의 사람이 이 마루를 지나갔다.

초조함과 불쾌함을 참고 오늘의 과거의 총수자로서 정전(正殿)에 좌어(坐御)한 왕은 이 수상한 행색의 사람들을 거저 넘길 수가 없었다.

그래서 시신을 불러서 그 행색의 인물들의 정체를 알아오라 분부하였다. 구조(舊朝)의 태학생 — 왕씨 조정의 유생

들이었다. 오늘의 이 강제적 과거를 모면할 겸 또한 장차
이를 액을 피하기 위해서 선조 대대로 살았던 정든 서울을
등지고 떠나는 망국유민들이었다.

"무얼!"

격노와 감격.

이 수상한 인물들의 정체를 알 때에 왕은 형용하기 어려
운 감정 때문에 눈에는 눈물이 꽉 차졌다.

아아 이렇듯도 내가 인망이 없더냐.

"전하, 진정하십시오. 정몽주의 문하에서 오래 주(朱)·정
(程)의 학을 배운 선비들이라 매서운 놈들이옵니다. 그렇지
만 설마 무부들이야 안 오리까. 명일이 있지 않습니까. 명
일은 전조 무반들이 죄 취시하려 올 듯하옵니다."

왕의 불평한 기색을 보고 남은(南誾)이 곁에서 이렇게 여
쫄 때에 왕은 도리어 불쾌한 눈을 남은의 위에 부었다.

온 고려의 민심이 다 이시중께로 돌아왔습니다. 이제는
일어서십시오. 낡은 왕씨의 사직을 꺾어버리고 큰 기업을
새로 세우십시오. 맨날 이렇듯 졸라서 당신으로 하여금 드
디어 일어서서 오늘날 이 자리를 잡게 한 인물들이 누구이
었더냐? 지금 이 앞에 늘어앉은 이 인물들이 모두 입을 같
이 하여 고려의 민심이 당신께로 돌아왔다고 충동치 않았
느냐.

그들의 그 말에 완전히 속은 바는 아니었지만 그래도 고려의 민심이 이렇듯 아직도 구왕조에 연연하리라고는 뜻하지 않았던 일이다. 그때의 동료, 오늘의 신하들의 말을 다 믿지는 않은 바였지만 절반만치는 믿었기에 당신도 일어선 것이다. 만약 이렇듯 고려의 민심이 왕씨를 떠나지 않은 줄 알았더라면 애당초 일어서지도 않았을 것이다.

그랬더니 지금 이 꼴은 무엇이냐.

낭신의 눈앞에 늘어앉은 이 소위 공신들은 모두 오로지 자기네 각각의 공명을 위하여 거짓말로 속였던 것인가.

백성이 없는 국가.

왕은 연하여 쓴 입맛을 다시었다.

*   *   *   *

그날 서울을 망명한 왕씨조 태학생은 합계가 72인이었다.

서울 교외에서 차마 조상 대대로 살아오던 서울을 선뜻 떠나지 못하여 돌아서서 구경(舊京)을 슬퍼하던 태학생은 거기서 우는 동안에 뒤따르는 다른 망명객을 만났다. 이리하여 한명 두명 모이기 시작한 것이 일흔 두 사람이 모였다.

모두 다 아는 얼굴. 이 전조에 있어서 형이여 아우여 하며 한 임금을 한 마음으로 섬기던 동지들이었다. 지금 나라를 잃고 임금을 잃고 지위를 잃고 신분까지도 잃은 그들은 단지 이제는 이 서울에 그냥 있을 수 없다는 생각 아래 지향 없는 망명의 길을 떠난 것이었다.

목적지도 없고 방책도 없는 망명의 길이었다.

문하시중 이성계를 섬긴다? 그런 망측한 생각은 하여본 일도 없었다. 왕씨 이미 없으니 왕씨 아닌 임금이 어디 있으랴.

지금 이 나라의 이름은 그냥 '고려'라 하지만 그들은 이 새나라를 고려라 보지 않았다. 이 고려가 아닌 새 고려에 신사란 웬말이냐.

이리하여 여기서 모인 일흔 두 명은 5백년 고도의 최후를 통곡한 뒤에 황혼의 해를 가슴으로 안고 만수산 아래까지 이르러서 거기 이 망국유민끼리의 한 마을을 만들고 문을 굳게 닫고 일체 세상과의 교섭을 끊었다.

*   *   *   *

전조 문관은 한 사람도 취시한 사람이 없었다.

그 이튿날.

무과 고시를 하는 날이었다.

심사가 불평하여 왕은 이 날은 도대체 경덕궁에 거둥하기까지 싫었다. 연하여 왕의 눈에 떠오르는 것은 어제 경덕궁 맞은편 언덕마루를 타고넘고 타고넘던 전조(前朝) 태학생들의 모양이었다.

오늘 다시 고시를 한댔자 여전히 시골서 올라온 무부 몇에 지나지 못할 것이니 그따위 고시는 중지하고 싶기까지 하였다.

그러나 새 정부 선 뒤의 첫 번 과거를 흐지부지해버리는 것은 이 정부의 위신을 더욱 떨구는 데 지나지 못할 것이겠으므로 하릴없이 경덕궁으로 거둥은 하였다.

"무부는 문사와 다릅니다. 오늘은 아마 전조 무신들도 꽤 오리라고 믿습니다."

왕의 불평한 안색을 보고 이렇게 위로하는 충신들부터가 도대체 자기네 말을 스스로도 믿지 않았는지라 왕이 믿을 까닭이 없었다.

그러면서도 행여나 하는 요행심뿐만 그래도 가지고 갔었는데 이 요행심도 또한 헛것이었다.

어제와 꼭 반대의 방향으로 역시 경덕궁 건너 언덕을 갈[蘆]삿갓을 쓴 무부의 무리가, 하나 또 하나, 서에서 동으로 동으로 넘어갔다.

무부 — 작은 절(節)에 구애치 않던 호활하던 이 무리. 몇 달전까지만 하더라도 음침한 얼굴이란 어떤 것인지도 모르는 그들이어늘 오늘은 역시 어제의 문사에 지지 않을 만한 힘없는 걸음걸이로 한 사람 또 한 사람 언덕을 넘는다.

그 날 온종일 왕도 입을 벌려본 일이 없었다.

서로 얼굴을 보는 일조차 없이 음침하고 불쾌한 얼굴로 그 잔일을 보내었다.

"내 덕이 그다지도 없던가."

이 자탄에 대하여 무슨 좋은 복계(覆啓)를 하는 재상도 없이 군신은 수창궁(壽昌宮)으로 돌아왔다.

이리하여 이번 과거에는 이 조정에서 목적했던 전조 유민들은 (문무반을 막론하고) 한 사람도 얻지 못하고 시골선비 몇과 시골한량 몇을 겨우 얻었을 뿐이었다.

이런 일 등으로 왕은 당신께 부족한 '덕화'의 힘을 구하기 위하여 하루바삐 무학대사가 찾아오기를 기다렸다.

*　　　*　　　*　　　*

그 날 서울을 벗어난 무사들은 하나씩 하나씩 동교(東郊)에 모여서 거기서 48인의 집단이 되어 보봉산(寶鳳山) 밑에까지 이르렀다. 그러고 거기서 전조 문신들이 밟은 길과같이 48인의 한 부락이 보봉산 산중에 생겨났다.

—세상에서 일컫는 바 서두문동(西杜門洞)은 이 태학생 72인이 숨었던 곳이요, 동두문동(東杜門洞)은 무변 48인이 숨었던 곳이다.

      *   *   *   *

실패.

입맛 쓴 실패였다.

이번 고시에 뽑힌 새 벼슬아치들의 숙배(肅拜)를 불쾌한 마음으로 받은 뒤의 며칠간은 왕은 내전에서 나오지 않았다.

연하여 눈가에 떠오르는 망국유신(亡國遺臣)들의 모양은 이 왕의 오늘의 자리를 비웃는 듯이 떠나지를 않았다.

이러한 가운데서 아직도 그래도 바라는 것은 무학대사 수색이었다.

경기 · 황해 · 평안의 3도 방백에게 명하여 두었으니 지금도 한창 무학의 있는 곳을 찾는 중이었지만 어서 찾아내어 지금 이 인덕(人德)이 없는 당신으로서 좀더 중망(衆望)을 모아서 새 국가의 기초를 든든히 하여야 할 것이다.

그리고 수일 후 내전에서 비로소 정전으로 나온 왕은 정도전을 불러서 이 국호(國號)를 고칠 일을 의논하였다.

국호는 이미 갈기로 내정은 되어 있었지만 여러 가지의 편의상 나라의 이름을 그냥 '고려'로 하여 두었다.

그것은 ——

첫째로는 국호까지 갈면 민심이 이 새 왕조에 심복치 않을 근심이 있었음이요,

둘째로는 민심보다 더 전조의 문무 유신들로 하여금 이 나라는 마치 공민왕에서 우왕으로, 창왕으로, 또 다시 공양왕으로 변하였던 것과 마찬가지로 나라의 임금만이 변하였지 나라 자체는 아직 고려국이라는 것을 알려서 심복하게 하려 함이었고,

셋째로는 지금 상국으로 섬기는 명나라에 대한 '캄프라쥐'상 국호까지 변경하였다가는 이 새 왕조를 명나라에서 인정하지 않을 근심 있었기 때문이었다.

그러나 이제는 그런 고려를 다할 필요가 없게 되었다.

아무리 국호를 그냥 고려라 하여도 전조의 신민은 이 이씨의 이러한 고려를 왕씨 고려의 연장(延長)으로는 결코 보지 않았다. 전조의 신민이 새 나라를 고려라 보지 않는 이상에는 구태여 남이 붙인 이름을 그냥 습용(襲用)해서 불쾌한 인상을 그냥 계속시킬 필요가 없었다.

명나라 문제도 이제는 캄프라쥐뿐으로는 당할 수가 없었

다. 전조 유신들의 일부분은 이 이씨의 땅에 머물러 있는 것조차 더럽다 하여 뒤를 이어서 중원(中原) 땅으로 망명을 한다. 그리고 이씨의 새 나라를 싫다 하고 중원으로 달아나는 그들인지라 당연히 그들의 입에서 고려왕조의 변혁이 가장 나쁜 형식 아래 명나라 조정의 귀로 들어갈 것이다.

이럴진대 이제는 '고려'라 하는 낡은 국호를 그냥 습용(襲用)할 필요가 없을 것이다.

이리하여 군신이 협의한 결과 국호를 '조선'이라 고치기로 하였다. 그런 뒤에 이 새 국호의 윤허를 급히 받을 겸 또는 명나라의 의향도 좀더 똑똑히 알아볼 겸 — 더욱이 알아보아서 변명(왕씨 고려를 뒤집어 엎은 데 대한)도 할 겸해서 명나라 서울로 사신을 또 보냈다.

이전 고려태조 왕건이 신라를 합칠 때의 예로 미루어 심복시킬 희망으로 그냥 두었지만 무장출신의 성미 괄괄한 이 왕으로서는 오래 참고 기다릴 수가 없었다.

동두문동에 숨은 전조(前朝) 무신 48인이며 서두문동에 숨은 문자 72인을 불러내려고도 여러 번 왕사(王使)가 달려갔지만 그 양 두문동은 문을 굳이 닫고 왕사를 만나지도 않았다.

그러는 한편 서울 백성들에게도 새 정부를 환영하라고 강제하였다.

뒤따라 내리는 탄압. 그러나 전조 백성들은 아무리 하여도 이 신왕을 기쁘게 맞지 못하였다.

　　　*　　　　*　　　　*　　　　*

새 나라를 이룩한 뒤에 그 새 나라를 조리하기는 매우 바빴다.

이 번잡한 용무를, (고금에 드문 지혜덩이인) 정도전이 없었더라면 도저히 당하여내지 못하였을 것이다.

온몸이 지혜로 뭉쳐진 듯한 정도전에게서는 연하여 꾀가 났다.

집 제도를 고쳤다. 아직껏의 집 제도라는 것은, 큰방은 아랫목에 등지고 앉으면 동향하게 되고, 건넛방은 남향하게 되는 것으로 방 자체는 큰방은 남향이요 건넛방은 동향으로 되었다. 그러고 이것은 가장 평범하고도 상식적 제도로서 만약 특별한 정책상 필요만 없으며 인류가 가질 가장 당연한 건축제도였다.

그것을 정도전은 고치게 하였다.

즉 남향하여 마루가 있고, 마루에 붙어서 서쪽에는 큰방이 (동향으로) 마루를 향하여 달리고, 동쪽에는 건넛방이 역시 (서향으로) 마루를 향하여 달리도록, 그리고 큰방의 남쪽

으로는 부엌이 달리도록 — 이런 새 건축제도를 세웠다. (지금 서울 근방의 보통 집 제도가 그것이다)

만약 이 집 아랫목에 앉으면 자연히 북향하여진다. 이런 제도의 집에 앉으려면 무가내(無可奈)하고 북면(北面)하게 되는 것으로서 지금의 새 왕조에 북면하지 않으려는 고려 백성들에게 집제도로서 무가내하고 북면하게 (형식상으로나마) 한 것이었다.

가옥의 높고 얕기로도 엄연히 귀인의 집과 민가를 구별케 하여 억지로라도 평민의 지위를 낮추어 놓았다.

그리고 관권을 부쩍 높이고 정숙하게 하여서 전조 말년의 해이되었던 제도를 엄하게 하여 백성들로 하여금 (열복하지는 않으나마) 무서워서라도 복종하게 하여 놓았다.

불교를 탄압하고 유교를 숭상하기로 하였다. 이것은 1석 3조의 격으로서, 한편으로는 불교를 누르고 유교를 숭상함으로써 상국 명나라에 아첨하여 어서 바삐 상국의 동정과 윤허를 사려 함이요, 한편으로는 고려 유민들 가운데 유림(儒林)의 동정을 더 사려함이요, 또 한 가지로서는 전조 유래의 종교를 꺾어버리어서 전조의 것은 냄새까지라도 모두 없이하려 함이었다.

조선에 허다한 '금(金)' 씨라는 성의 금이라는 음은 '쇠'를 뜻함으로서 쇠는 나무(오얏 李씨)를 꺾는 자라 하여 '금'

씨 성을 못 쓰고 '김'이라고 고치게 하였다.

관서(關西) 사람은 성미가 강직하고 괄괄해서 꺼릴 바 많다 하여 정부 요로에는 일체로 평안도 사람은 쓰지 않기로 하였다.

아직껏은 어떻게든 회유하여 보려고 노력하던 전조 유민들에게 대한 탄압도 차차 격화하였다.

그러는 한편으로는 온갖 진문을 꾸며내어서 미신(迷信)적으로 이번 이시중이 나라를 얻은 것이 옛날부터 하늘에 작정되었던 일이라는 듯이 말을 퍼쳤다.

그러는 때에 애써 찾던 무학대사가 입경을 한 것이었다.

*   *   *   *

무학은 황해도 곡산군(谷山郡) 고달산(高達山)에 숨어 있던 것을 경기·황해·평안의 3도 감사가 함께 찾아가서 왕명으로 서울로 데려온 것이었다.

왕은 이 옛날 벗을 보고 환희하였다.

이 왕이 이전 한낱 소년 무장으로 있을 때에 벌써 오늘날이 있을 것을 알아낸 무학은 왕께는 진실로 감회 깊은 옛 벗이었다. 그 날 밤 조용한 때에,

"대사. 전조 유민들을 심복하게 하려면?"

무학에게 대하여 왕이 이렇게 물을 때에 무학은 잠시 무
표정한 얼굴로 왕을 마주보다가,

"짧은 세월에 심복하게 하기는 불가능할까 보옵니다."

하였다. 왕은 가슴이 뜨끔하였다. 이즈음 늘 이런 생각이
왕의 마음에 있던 차라 더욱이 뜨끔하였다.

"전하. 전하는 아까도 고려태조의 기업을 말씀하시는 듯
하오나 고려태조의 기업과 전하의 기업을 비교하는 것은
천부당 만부당하옵니다. 신라왕조와 고려왕조는 왕조부터
가 다르옵고 고려태조와 전하는 사람됨이 다르옵고 백성도
또한 신라와 고려를 비길 것이 아니옵니다. 전하와 고려태
조를 비기자건대 고려태조는 용맹보다 덕이 더 큰 이옵고
전하는 덕보다 기략(機略)이 더 큰 분이옵니다. 또 백성으로
볼지라도 신라말년에는 정치가 해이되고 군웅(群雄)이 할거
하여 있던 시대로서 도탄(塗炭)에 빠진 백성들은 성주(聖主)
의 출현을 기다리옵던 대신에, 고려말년은 정치가 얼마간
해이되기는 하였다하옵지만 공민대왕 시대에 편조존사(遍
照尊師: 辛旽)의 덕화에 마음껏 떡감은 백성들일 뿐더러, 그
소위 정치의 해이라 하는 것도 말하자면 무엄한 말씀이오
나 전하께서 고려사직을 꺾기 위해서 부러 흐려놓으신 것
이오라 백성들은 도리어 전하를 꺼리옵고 고려사직의 만만
세를 축원하던 처지가 아니옵니까. 말씀하자면 신라 금부

대왕(金傅大王: 敬順王)은 당신 힘으로 들기 힘든 사직을 고려태조께 바치신 것이옵고, 고려 최후 3대왕께서는 안 놓으시려는 사직을 전하께서 둘러엎으신 것이니 고려말과 신라말은 비교할 것이 아니옵니다.”

무엄하고도 대담한 말이었다.

그러나 왕은 묵묵히 들었다. 마디마디가 가슴에 찔리었다. 후회도 연하여 났다. 당신과 최영이 힘을 아울러서 이 고려사직을 붙들기에 전력을 하였더라면 지금쯤은 이 나라는 꽤 아름답고 훌륭한 나라를 이루었을 걸. 정도전, 남은, 혹은 다섯째 아드님 방원 등의 어리떵떵거리는 바람에 공연한 야욕을 내지나 않았던가 하는 생각조차 꽤 강렬히 일어났다.

그러나 이제는 뒷걸음도 치지 못할 자리였다. 이미 일이 이렇게 된 이상에는 이 국가로 하여금 훌륭한 국가로 만들고 이 국민으로 하여금 행복된 국민이 되게 하도록 이미 이룩한 일을 이제부터라도 정도(正導)하여야 할 것이다. 이미 이룩한 이상에는 이제부터라도 좋은 국가를 만들어서 천재(千載) 후까지 웃음을 남겨서는 안 될 것이다. 이성계는 자기 야욕 때문에 자기의 임금을 배반하였다는 악명은 결코 남겨서는 안 될 것이다.

좋은 국가! 훌륭한 국가를!

왕은 한참 뒤에야 비로소 입을 열었다.

"대사, 지난 일은 지난 일. 이제부터라도 이 백성에게 덕을 베풀기 위해서 오늘 이렇듯 대사를 맞아온 것이외다. 대사는 모든 것을 탓하지 말고 이 백성을 도탄의 경에서 구해내는 데 힘을 써주시오."

무학은 즉시로 응하였다.

"전하는 천도(遷都)를 합시오. 무엇보다도 도읍을 옮기는 게 급한 일이옵니다. 어제까지도 왕씨를 섬기던 이 백성을 오늘부터 이씨를 섬기란댔자 곧 시행이 되지 않을 것이며 시행 안 되오면 전하께서는 그 억세신 성격이 거슬리시겠고, 거슬리시면 강압을 가해서라도 시행되기를 강제하실 것이며 강압이 가해지면 백성의 마음은 더욱 빗나갈 것이오매 이 5백년의 도읍지를 버리고 천도를 합시오. 그러고 신부의 백성에게 덕으로 임하셔서 전하의 덕화가 온 국내에 미치도록 하는 것이 최량책(最良策)일까 하옵니다."

*　　　*　　　*　　　*

왕은 무학의 말을 들어서 천도하기로 내정하였다. 그리고 새 도읍지가 될 만한 곳을 신하들을 보내어 물색하였다.

그러면서 흔히 혼자서 속으로 뇌어보는 것은 그 당시 민간에 유포되어 있는 한 개의 이야기였다. 그것은 이런 이야기.

때는 공민왕 시절. 어떤 평민계급의 형제가 길을 가다가 아우가 길에서 황금 두 조각을 얻어서 하나는 형을 주고 하나는 자기가 가졌다.

그런데 그 형제가 양천강(陽川江) 강변까지 이르러서 아우는 자기의 금을 강에 내어던졌다. 형은 이것을 괴이하게 생각하여 무슨 까닭으로 내어버리느냐고 물으매 아우는 이렇게 대답하였다.

"내 평생 형님을 애모하는 마음이 심했는데 오늘 형님께 금을 드리고 생각하니 투기하는 마음이 생깁니다. 황금이란 그리고 보니 더러운 것이라 내버렸습니다."

이 말에 형도 자기의 가슴을 치며 네 말이 옳다 하고 자기의 금도 강에 내어던졌다.

이런 이야기.

아아, 이것은 전혀 그때 재상 신돈의 위대한 감화력의 소산이었다. 신돈 집정 겨우 6년간, 그런 짧은 기간임에도 불구하고 그의 덕화는 얼마나 일반민중에게까지 감화되었던가.

그 후 우왕 14년, 창왕 1년, 공양왕 4년이라는 짧지 않은 난정(亂政)의 기간을 지나고도 아직도 고려의 왕조를 그렇듯 애타게 사모하는 것은 그때의 덕화가 너무도 컸던 연고일 것이다.

무학의 덕화력이 신돈에게 미칠지 어떨지는 아직 미지수이다. 그러나 무학도 득도한 고승(高僧)이니 범인과는 다를 것이다. 이 무학의 손을 빌어서 덕화의 방면을 잘 연구해야 할 것이다.

왕은 무학을 사부(師父)로서 서울에 머물게 하고 지금 당신께 결핍된 도덕적 방면의 수양을 쌓기를 게을리하지 않았다.

어서 천도를 하려고 후보지를 물색하나 적당한 자리가 좀체 나타나지 않았다.

왕은 차차 이 수창궁이라는 대궐이 마음에 켕기기 시작하였다.

우왕시대에 창건한 이 대궐은 지금의 새 왕이 이전 고려조의 우왕, 창왕, 공양왕의 세 임금을 모신 그 대궐이었다.

이전에는 허리를 굽히고 서서 감히 우러러 보지도 못하던 그 용상에 주인노릇하기도 꽤 마음이 거북하였거니와 더구나 전 3대의 왕이 침전으로 쓰던 침전에 들기가 더욱 거북하였다.

이 용상(龍床), 이 침전(寢殿)의 이전 주인은, 3대가 다 당신 손에 참혹한 최후를 본 것이다.

그 위에 더구나 전 왕조 시대의 궁녀 중에 자태 아리따운 자 몇 명을 그냥 두어서 때때로 침석에까지 모시게 하기는 하지만, 양심상 매우 거리끼었다. 때때로 내시의 부액(扶腋)을 받고 궁뜰이라도(이전에는 허리를 굽히고야 다니던) 거닐 때는 문득 저편 숲에서 말 탄 소년왕이 뛰쳐나오지 않는가 하는 겁까지 생길 때도 있었다.

이리하여 오래 두고 벼르던 왕위에 오르기는 하였지만 이 왕위는 기쁜 것이라기보다 오히려 근심되는 것이었다.

*　　　*　　　*　　　*

그 해 10월 열하룻날. 왕의 탄신(誕辰)이었다.

이 왕이 왕으로서는 처음 맞는 탄신이었다. 처음 맞는 탄신이니만치 대궐에서의 축하연은 굉장하였다.

그러나 이 왕으로서의 처음 맞는 탄신에도 이 날을 축복하며 경하하는 사람은 왕과 그의 신하들뿐이었다.

개경(開京: 開城의 고려 때 이름) 10만 장안은 쓸쓸하였다. 경하의 기분이란 어느 구석에서도 찾아볼 수가 없고 보통날보다도 오히려 쓸쓸한 편이었다.

이러하기 때문에 대궐 안의 잔치도 겉으로는 흥성스러운 편이었으나 안으로는 암담한 일면을 감출 수가 없었다. 그러한 때에 이 잔치에서도 한 개의 기괴한 일이 생겼다.

그 잔치에는 설매(雪梅)라는 기생이 있었는데 가무도 능하고 얼굴도 뛰어났거니와 음하기로도 남에게 빠지지 않을 만한 기생이었다.

그 기생에게 향하여 어떤 재상이 술김에 농담삼아,

"너는 아침에는 동가(東家)에서 먹고 저녁에는 서가(西家)에서 묵는다니, 나하고는 한 번 어떠냐?"

고 던졌다.

거기 대하여 설매는 곧 대답하였다.

"동가식(東家食)하고 서가숙(西家宿)하는 천비오니, 어제는 왕씨를 섬기고 오늘은 이씨를 섬기시는 대감과도 그다지 짝이 떨어지지는 않겠습니다."

순간에 확 퍼지는 암담한 기분, 그 가운데서는 권병(權柄)에 못 이기어 오늘 이 잔치에 나왔던 몇몇 전조 유신들의 느끼는 소리까지 들렸다.

왕도 이 광경을 보았다. 그러나 못 본 체하였다.

못 본 체는 하였지만 가슴은 쓰리었다. 한 개 천비까지도 그냥 고려의 사직을 잊지 못하는 것이었다.

"천도를 해야겠다. 여기서는 설혹 참말로 선정을 펼지라도 그 덕화를 받아줄 백성이 없을 모양이다."

아아. 내가 이룩한 사직도 이와 같이 튼튼해지과저. 왕은 이 개경 인구와 전조의 구신들은 장구한 세월과 숱한 공력이 아니면 결코 귀화시키지 못할 것을 더욱 절절히 느끼고 왕화를 효과 있게 펴기 위해서는 어서 바삐 천도를 하여야겠다는 점을 더욱 통철히 깨달았다.

잔치가 끝난 뒤에 왕은 조용히 정도전을 불러서 천도할 땅을 고르라고 다시금 채근하였다.

계룡산, 한양부(漢陽府) ― 이 두 고장을 후보지로 정하고 계룡산을 좀더 무겁게 보아서 여러 가지로 조사를 하는 중이었다.

하루라도 바삐 이 고려 서울 송경(松京: 開城)을 벗어나고 싶었다. 더구나 왕씨 일족의 몇몇 사람은 이 새 국가를 도로 둘러엎으려고 꿈틀꿈틀 음모를 하는 기색조차 보였다.

이 서울에 그냥 있다가는 심적 불쾌도 불쾌려니와 언제 무슨 일이 폭발될는지도 알 수가 없었다.

지금 가슴에 배포한 온갖 원대한 계획을 마음놓고 베풀 만한 땅을 어서 골라내자.

왕의 마음은 꽤 초조하여졌다.

＊　　　＊　　　＊　　　＊

그 해 겨울은 그다지 신통한 일이 없이 지나갔다.

신통한 일은 없었다. 그 대신 불쾌한 일은 뒤를 이어서 생겼다.

이씨 고려 첫 해 ― 그 섣달도 다 간 그믐께 어느 날, 또 한 가지의 불쾌한 사건이 생겨서 이 새 군신의 마음을 좋지 않게 하였다. 그리고 이 새 사건 때에 왕씨 고려의 유신들은 또 수군거리며 나라 잃은 통곡을 또 다시 하였다.

사건이라는 것은 다른 것이 아니었다.

왕씨 고려의 마지막 왕인 공양 때에 금주(金澍)를 하절사(賀節使)로 명경(明京)에 보내었다.

금주가 명경에서 자기의 임무를 다할 동안 그의 고국에서는 왕씨 고려가 꺾어지고 이씨 고려가 새로이 선 것이었다.

그러나 만리타향에 있는 그는 본국에 그런 비극이 생겼다는 것은 알 까닭이 없었다.

그 때는 명나라 서울은 남경(南京)이었다.

그는 자기의 임무를 곱다랗게 치른 뒤에 어서 이 일을 내왕(乃王)께 복주하러 다시 길을 재촉하여 고국으로 돌아왔다.

위로는 임금, 아래로는 집안 처자를 하루 바삐 만나기 위하여 길을 재촉하여 압록강까지 이른 금주는 거기서 뜻밖의 보도를 들었다.

— 왕씨 고려가 망하였다.

— 수문하시중 이성계가 새로 왕이 되었다.

금주는 정신이 아찔하였다.

강 하나 건너면 고국 — 그러나 그것이 고국일까. 산천은 그 산천이요 백성은 역시 그 백성이지만 주인이 갈린 이상 그래도 그것이 고국일까.

처자도 보고싶기는 하였다. 그러나 주인 갈린 이 땅에 발을 들여놓기가 싫었다.

거기서 금주는 다시 이 땅에 들어오지 않기로 작정하였다. 그리고 자기의 조복(朝服)과 신을 벗어서 하인을 시켜서 서울 자기집으로 보냈다.

"충신은 두 임금을 섬길 수 없다. 내가 강을 건널지라도 이 몸을 둘 곳이 없으니 그냥 다시 중원으로 돌아가노라. 이 날(12월 22일)을 기일(忌日)로 치고 지금 보내는 조복(朝服)과 신을 내 몸으로 알고 장사지내라."

이러한 글을 집으로 던지고서…….

그렇지 않아도 불평이 폭발되려 하는 때에 이 사건은 또 다시 한번 서울을 뒤집어 놓았다. 여기서도 수군수군 저기서도 수군수군. 사람이 모이면 그 이야기를 하고 그 이야기를 하면서는 눈물을 흘리고 하였다.

　　　　*　　　*　　　*　　　*

　이렇듯도 당신께는 심복하지 않는 전조 백성들을 볼 때에 신왕의 마음은 차차 격화되기 시작하였다.

　"에익. 지독한─"

　본시 무장 출신의 신왕.

　괄괄한 성미를 지어서 억누르고 억누르고 하여 보았지만 나날이 그 도수가 더하여 갈 뿐이었다.

　"대사."

　어느 날 무학과 마주 앉은 신왕. 불쾌한 음성으로 무학을 불렀다.

　"예이."

　"대사. 덕화(德化)를 받지 않으려는 백성에게도 덕화는 베풀어야 하오?"

　"시덕(施德)은 전하께 있삽고 욕덕(浴德)은 백성에게 있는 것. 덕을 강제하는 것은 무덕(無德)만도 못한 것이옵니다. 멱감기 싫어하는 전조 신민에게 덕을 강제하느니보다는 새로운 곳에서 신부민(新府民)에게 덕을 보여주시어야 할 줄 생각하옵니다."

　"그럴까?"

　"전조 왕태조께서 아무리 덕 있는 이라 할지라도 계림(鷄

林: 慶州)에 정도를 하셨더라면 반드시 실패했을 줄로 생각하옵니다. 무엇보다도 전하께서 수선(受禪)을 하셨으면 땅이 없어서 이곳에 눌러 계시오니까? 대신들에게 재촉하여 신도를 어서 선택하시고 하루 바삐 천도합시도록 힘쓰시는 것이 최급무일까 하옵니다."

"마음은 급하지만 어디 마음대로 일이 되오?"

괄괄한 성미 — 당장에라도 군사를 풀어서 심복치 않는 신민들을 모두 도륙이라도 하고 싶었다.

＊　　　＊　　　＊　　　＊

이리하여 그 해는 경사스러운 해임에도 불구하고, 신조 군신은 모두 불쾌한 심경으로 보내고 이듬해 계유(癸酉) 정월.

작년에 명나라에 청허드렸던 '국호' 변경 허가가 드디어 나왔다.

초조한 가운데서 기다리던 바였다.

아직 심복한 백성이 없는 새 나라. 왕과 몇몇 재상끼리가 서로 왕이여 신하여 부르고 불리우고 있지 그밖에는 나라다운 곳이 없었다.

그 위에 상국인 명나라에서까지 아직 한 국가로 인정한

다는 성명이 없으매 그야말로 아주 존재가 박약한 국가였다.

백성만 다 심복하였으면 명나라의 윤허가 없을지라도 국가로서 버틸 수가 있을 것이다. 임금과 정부와 백성이 모두 한 개 단합된 국가로 인정하면 명나라에서도 드디어 윤허치 않을 수가 없을 것이다.

신국가 창설에 대하여는 물론 이 길이 최상책일 것이다.

그러나 아무리 하여도 백성이 심복하지 않으니 지금은 다른 방도를 강구할 수밖에 없다. 상국 명나라에서 '일개 국가'로 인정을 받아놓으면 아무리 백성들이 심복하지 않는다 하여도 또한 어떻게든 버틸 수가 있을 것이다. 버티는 동안에는 장구한 세월을 가지면 백성들도 언제든 심복할 날이 이를 것이다.

백성을 심복하게 하기 위하여 그 수단상 아직도 고려라는 낡은 국호를 써왔지만 그만한 사술(詐術)로서는 백성들이 속아넘어가지 않았다.

그럴진대 이제는 '고려'라는 왕씨의 낡은 국호는 집어치우고 이씨의 새 국호를 만들어야 할 것이다. 이리하여 지난해 가을에 군신이 협의를 한 결과, 새 국호를 '조선(朝鮮)'과 '화령(和寧: 이성계의 고향인 함경남도 永興의 옛 이름)'과의 두 가지 중에 택정하기로 하고 명나라에 그 윤허를 청하였던 것이다.

국호의 허가가 '조선'으로 난 것은 즉 이 새 나라를 명나라에서도 인정해준다 하는 뜻과 마찬가지였다.

이제는 무서운 것이 절반은 없어졌다.

순서가 바뀌기는 하였지만 명나라에서 윤허가 난 이상에는 정정당당히 이 새 국호로서 이 나라 백성 위에 임할 수가 있을 것이다.

이 새 국호의 윤허를 받기 위하여 이씨 정부가 쓴 수단은 과연 용하였다. 일대의 지혜자 정도전이 두고두고 연구한 끝에 이 중대한 임무를 띨 사자(使者)로서 조반(趙胖)이라는 재상을 골라내었다. 조반은 중국서 생장해서 중국말에 능하고 중국 풍속에도 통한 인물이었다 이 인물에게 정도전은 꾀를 불어넣어서 가게 한 것이었다.

정도전이 미리 짐작했던 바와 같이 명나라 고황제(高皇帝)는 조반을 인견하면서 댓바람에 꾸짖었다. 이신벌군(以臣伐君)하여 이룩한 새 나라라 하는 신조는 인정치 못하겠다는 것이었다.

여기 대하여 미리 정도전에게 꾀를 받고 온 조반은 능란한 중국말로 복주(伏奏)하였다.

"폐하, 배신(陪臣)이 무식하와 잘 알지는 못 하옵지만 역대 창업지주(創業之主)로서 이런 길을 밟지 않으신 분이 없는가 하옵니다. 폐하께서는 그것을 이신벌군이라 하옵지만 그것은 순천혁명(順天革命)이옵지 이신벌군으로 볼 종류가 아닐까 하옵니다."

무론 이씨의 새 왕조를 변명하는 뜻이었다. 그러나 그 이면에는 명나라의 창업을 평하는 뜻도 섞인 것이다. 원(元)나라에서 갈라져 나온 명나라도 이신벌군이 아니오니까. 단지 고려만 그런 것이 아니라 폐하도 그런 과거를 가진 사람이외다. 이런 뜻이 다분히 포함된 말이었다.

고황제도 거기는 대답할 말이 없었다. 그래서 조반의 중국말 잘하는 것을 칭찬하였다. 그러매 조는 거기서도 또한 고황제의 마음을 붙들 만한 대답을 하였다.

"배신은 본시 중원에서 생장하와 일찍이 폐하를 탈탈군중(脫脫軍中)에서 보온 일이 있습니다. 당년에 그다지 지위가 높지 못하시던 한 무장이 오늘날 하늘의 뜻을 받자와 대국의 천자가 되셨습니다."

이리하여 명나라 황제로 하여금 이씨 고려를 이신벌군이라고 억누르지 못하게 꾸미어 놓았다. 그리고 드디어 조선이라는 국호의 윤허를 받고 이성계가 조선국왕이라는 점을 명나라에게 인정하게 하여 놓은 것이었다.

*　　　*　　　*　　　*

이제는 천하에 꺼릴 바가 없었다.

백성들이 심복치 않는다 하지만 단지 심복치 않을 뿐이지 반항은 할 줄을 모르는 백성들이었다. 소극적 반항행동은 꾸준히 있지만 적극적 반항은 할 줄을 모르는 백성들이었다.

관가에서 무슨 일을 시킬지라도 행하지 않는다. 재촉이 심하여 피할 수 없이 되면 다른 곳으로 몸을 숨겨 버린다. 그뿐이지 적극적으로는 반항을 하지 않는다.

그런지라 성가시고 불쾌하기는 하지만 위험한 일은 없었다.

*　　　*　　　*　　　*

신정부의 탄압을 피하여서 망명한 구조 유신 중 서두문동의 태학생 72인과 동두문동의 무변 48인은 어찌 되었나?

새 정부에서는 몇 번 사람을 시켜서 그 문무생들을 끌려 노력하였다.

좋은 말로 달래보기도 하였다. 유리한 조건으로 꾀어보기도 하였다. 위협도 하여 보았다. 그러나 그들은 달래는 데도 유혹에도 위협에도 모두 응치 않고 문을 굳이 닫고 망국유민으로 자처하였다.

신정부에서 그들을 끌어내고자 한 것은 그들의 인물을 사랑하여 쓰고자 하는 생각도 있었겠지만 그것보다도 그들을 끌어내어 중하게 쓰면 왕씨 고려의 유민들의 마음도 좀 돌아질까 하는 요행심에서였다.

그러나 아무리 달래고 위협하고 했지만 일체로 응치 않으므로 그냥 이렁저렁 지내는 동안에 그들의 존재까지 잊어버렸다. 새로이 나라를 세우고 그 새 기관의 행정을 꾸미노라고 돌아가는 서슬에 어느덧 두문동 은둔인들을 잊어버린 것이다.

그러는 동안에 이씨가 이룩한 새 나라는 명나라에게 '조선'이라는 국호까지 윤허를 받고 이제는 튼튼한 자리를 잡게 되었다. 두문동에 숨은 백여 명의 인물의 진퇴 따위는 이제는 새 정부에서 마음쓸 필요도 없으리만치 미약하게 변하였다.

아무 위협도 느끼지 않았다.

아무 쓸모도 발견되지 않았다.

그야말로 그들이 자처하는 바와 같이 산송장에 지나지 못하였다. 호흡이 통하니 숨을 쉬는 것이요 피가 돌아다니니 그냥 목숨은 있나보다 하는 뿐이지 세상에서는 잊혀진 존재였다.

새 정부가 지금에 있어서 꺼리는 바는 이 두문동의 120인의 문무유민들이 아니요, 왕(王)씨 성을 가진 사람들이었다. 전조의 종친 — 말하자면 이 국가의 이전 주인의 일가들이었다.

이 긴 소매의 무리들에게 무슨 실력이 있어서 무서우랴만, 새 조정에서는 자기네가 한 행사가 있는지라 늘 불안하였다.

계유년도 이렁저렁 지나가고 갑술년에 드디어 왕씨 일족에게 최후의 수단을 썼다.

그 새 두고두고 천도할 땅을 구해 오다가 드디어 남경(南京: 한양부)으로 천도하기로 결정이 되었다.

처음에는 계룡산을 도읍지로 정하려고 왕이 친행까지 하여 검분(檢分)하고 역사(役事)까지 시작을 하였다가 계룡산은 지형이 험일하고 토지가 더러우며 교통이 불편하고 물길이 멀어서 도읍지 되기에는 부적당하다 하여 다시 고른 결과 한양으로 작정이 된 것이다.

이렇게 도읍지를 옮기게 될 때에 송경에 그냥 남겨두는 왕씨 일족의 문제가 일어났다.

"어찌하리까?"

"글쎄."

그들은 그냥 버려둔댔자 아무 일도 저지르지 못할 것이

지만 자기네의 행사가 있는지라 새 조정에서는 그냥 버려두기가 꺼림직하였다. 그냥 버려두었다가는 무슨 후환이 반드시 생겨날 듯이 보였다.

남겨두자면 무시무시하지만 없이 하자니 그럴 만한 죄명(罪名)이 없었다. 그것도 열 사람 스무 사람이라면 어떻게든 처치도 할 수 있겠지만 수백 명이 넘는 이 왕씨들을 모두 어떻게 처치하나.

*　　　*　　　*　　　*

어느 날 각 골목 거리에 통문(通文)이 나붙었다.
왕씨들을 부르는 글이었다.

'임금님의 계통이 갈리면 전 임금의 일족은 잔멸을 시키는 것이 고금의 상례이다. 그러나 성상께서는 특별히 관후(寬厚)하시어서 너희들이 그냥 이 성내의 백성 노릇을 하는 것이다.

그렇지만 이렇듯 아무 구속이 없이 그냥 내버려둔다는 것도 법을 흐리게 하는 일이다. 그래서 왕씨의 일족을 모두 가까운 해도(海島)에 보낸다.

이 관후하신 처분에 너희들은 마땅히 감읍해야 할 것이

로되 감읍할 일은 이것뿐이 아니고 지금 비록 법을 밝히기 위하여 성의에 없는 유배를 명한다 하나 이것은 잠시의 일이요 얼마를 지내지 않아서 다시 너희를 부르셔서 일시 동안에 너희의 번성을 조장하실 계획이다.

이 성은을 너희는 어떻게 보답하려느냐. 너희가 전조의 종친이라 하되 전조에서 이런 쾌사를 본 일이 있느냐.

××일까지에 너희는 온갖 준비를 끝내고 ○○해변에 모이라. 거기는 너희를 해도로 호송할 수십 척의 배가 등대하여 있을 것이다. ××일까지라 하면 준비를 위하여서는 넉넉한 일자로다. 그 날까지는 어김없이 ○○해변에 모이도록 해라.

그러나 개중에는 이 거룩하신 뜻을 오해하는 자가 있어서 이 관후하신 처분을 모면해 보려고 얕은꾀를 쓰는 자가 있을는지도 모른다. 지금 관후하신 성상도 교활한 수단을 농락하려는 자에게는 결코 용서함이 없으시리라. 스스로 자멸지책을 취하지 말고 이번의 관후하신 은전에 멱감으라. 기한인 ××일 이후에 이 강역내(유배지 이외)에서 왕씨가 발견되는 자가 있으면 그 자는 다시 밝은 세상을 보지 못하리라.

성상께서 관후하다고 너무 과한 어리광은 결코 부리지 말라. 이번의 이 처분은 최후의 처분이시다.'

*　　　*　　　*　　　*

　골목 거리를 막론하고 도배하듯 붙인 이 통문 아래서 송
경의 시민들은 의아한 듯이 머리를 기울이고 하였다.

　사실 의외의 관후한 처분이었다.

　과거의 몇몇 왕씨며 전조 유신들에게 행한 형벌이며 더
욱이 전조의 세 폐왕(廢王)께 행한 일을 잘 알고 있는 이 시
민들에게는 이번의 이 처분은 너무도 가벼웠다.

　더욱이 왕씨의 일족들은 이 통문을 보고 작약하였다. 뻑
뻑히 숨어서 다니기는 하지만 그러면서도 언제 자기네 위
에 어떤 처분이 어떤 명목과 형식 아래서 내리게 될는지 예
측도 할 수 없으므로 전전긍긍히 지나던 터이다.

　그런데 지금의 통문에 의지하건대 겨우 해도 유배이다.

　이 경한 처분에 대하여 왕씨들은 진심으로 감읍하였다.

*　　　*　　　*　　　*

　새 정부에서 지정한 날이 이르렀다.

　지정한 장소에는 왕(王)씨 성(姓)을 가진 사람은 모두 모
여들었다. 5백년 전에는 한 할아버지로 하여 퍼지기 시작한

종자가 지금은 서로 그 촌수도 따질 수 없도록 멀게 된 ─ 왕씨라는 왕씨는 모두들 모여들었다.

죽음을 예상하였던 사람들이 죽음에서 피해날 수가 있게 되었는지라 길은 비록 정배 가는 길이라 하지만 무슨 경사로운 곳에라도 가는 듯이 모두들 빙글빙글 웃고 있었다.

그들은 이 길이 세상에서의 마지막 길인 줄은 꿈에도 몰랐다. 섬에서 몇 해를 살다가 사(赦)를 받고 다시 돌아와서 한 사람으로서의 역할을 할 장래의 꿈을 그리면서 새 정부의 관원들이 명하는 대로 등대되어 있는 수십 척의 배에 분승하였다.

보내는 친지들, 떠나는 왕씨들 ─ 비록 죄를 입고 배소(配所)로 떠나는 길이라 하되 죽은 목숨이 생명유지되는 길이라 서로 웃음 가운데 작별을 고하였다.

순풍에 돛을 달고 배는 차차 한바다로 떠나갔다. 언덕의 사람들이 까뭇까뭇 똑똑히 알아보지 못할 만치 배가 바다에 들었을 때, 맨 뒷배에서 소라를 부는 소리가 들렸다. 그 소리를 군호 삼아서 각 배에서는 기괴한 일이 시작되었다.

배밑에는 미리 구멍을 뚫고 그 구멍을 마개로 막아두었던 것이다. 수십 척의 배는 일제히 그 마개를 뽑아버렸다. 그리고 헤엄 잘치는 사람들로 조직되었던 관원들은 윗옷을 벗어던지고 바다로 뛰어들었다.

관원들은 모두 헤엄을 쳐서 육지로 피해 오는 동안, 사람을 가득가득 실었던 배는 모두 가라앉았다.

울고 부르짖는 소리. 한바다에서는 놀라운 비극이 연출되었다. 남녀노소, 소위 왕씨의 자손이라는 죄밖에는 아무 죄도 없는 수백의 생명은 바다의 원혼으로 화하여 버렸다. 개중에는 좀 헤엄깨나 칠 줄 아는 사람도 있었으나 육지에는 관원들이 지키고 있어서 한 사람도 살아난 사람이 없었다.

왕씨 성을 가진 사람으로서 공공히 이 액(厄)을 면한 사람은 단 한 사람뿐이었다. 왕우(王瑀), 단 한 사람뿐이니 그것은 이 왕우의 딸이 신조선 군왕의 아들 방번(芳蕃)의 아내이므로 딸의 덕에 액화를 면한 것이다.

그밖에도 어느 궁벽한 산골이라든가 외따른 곳에 혹은 한두 왕씨가 그냥 남아서 살아 있었는지는 모르지만 기록에 남아 있는 것으로서는 왕휴(王休)의 얼자(孼子)가 민간에 그냥 숨어 있다가, 태조, 정종 시대를 지나서 태종시대에 발견이 되어 죽일까 말까 정부의 문제를 일으킨 일과, 해중(海中) 비극 이전에 거제도 등지에 미리 정배(定配)가 있던 몇 명뿐이다.

*　　　*　　　*　　　*

왕씨 일족을 바다에 집어넣은 그 날 밤이었다. 소년시부터 무장으로 수많은 전쟁에서 수많은 죽음을 항용 보아오던 왕께는 이날 왕씨의 수 명을 바다에 집어넣은 것도 그저 보통 다반사의 하나이지 마음에 그냥 담아둘 만한 중대한 사건이 아니었다. 그래서 그런 문제는 곧 잊어버렸다.

그랬는데 그 날 밤 왕은 꿈에 하도 놀랄 만한 일을 겪었다.

고려태조(어째서 고려태조라 알았는지 스스로도 모를 일이로되)가 칠장지복(七章之服: 제후의 복장)을 갖추고 칼을 뽑아들고 왕의 침두에서 발을 구르며 호령하는 것이었다.

"5백년 전 이 땅에 세 나라가 어지러이 휘돌 때에 그 '삼(三)' 자를 합해서 한데 뭉친 사람이 낸 줄은 너도 잘 알 것이다. 이 땅에 태어난 자로 그 대의 내 은공에 멱감지 않은 자 없거늘 너는 내 사직을 빼앗을 뿐더러 아무 죄도 없는 내 후손을 씨도 없이 잔멸시켰으니 나 또한 그 보복을 할 줄 알아라."

왕은 놀라서 깨었다. 양심에 아무 거리낌도 없었는데 이런 꿈을 꾼단 웬일이냐. 땀에 흠뻑 젖은 왕은 다시 잠을 들지를 못하고 남은 밤을 앉아서 새웠다.

그리고 밤이 채 밝기 전에 근시(近侍)하는 환자(宦者: 내시)

를 불러서 지급히 무학대사를 불렀다.

왕에게서 당신의 꿈 이야기를 들은 무학은 한참을 뚫어져라 하고 왕을 마주 보았다. 그런 뒤에야 입을 열었다.

"전하는 왜 왕씨 일족을 잔멸했습니까?"

"혹은 후환이……."

"아니올시다. 그것은 전하 스스로를 속이시는 말씀. 전하는 진심으로 왕씨들을 무서워하십니까? 손에는 촌철(寸鐵)이 없고 일을 도모하려야 도모할 비용이 없고 서로 삑삑히 헤져서 숨을 곳만 찾고 있는 왕씨 잔당을 무서워하실 전하오니까? 이번 이 사건은 단지 전하의 너무도 대범하신 데서 나온 일인가 하옵니다. 무릇 임금은 자국신민의 한 머리터럭이라도 아끼셔서 필요없이는 끊지 않아야 하는 것이옵는데 전하는 왜 수백의 생령을 필요없이 도잔을 시키시면서도 무서운 줄을 모르십니까. 고래로 역성수명자(易姓受命者)는 그 전성(前姓)의 남은 자를, 혹은 봉후(封侯), 혹은 가작(加爵)하여 그 현(賢)을 높여주고 식(識)을 표찬하는 것이옵지 성 같은 자를 잔멸시킨다는 말은 빈도(貧道) 아직 들은 일이 없습니다. 이번 일이 만약 일개 무장 이성계의 행사라면 그 무모한 용기를 감탄할 수도 있겠지만 일국 군왕의 조처로는 진실로 해괴한 일이올시다. 고달산에 숨어있는 빈도를 전하께서 불러내신 것은 이런 일을 조처할 때에 하문을 하시자는 것이 아니었습니까. 어찌 이번 일에는 빈도와 의논도 없이 행하셨습니까? 전하 이러시매 빈도는 더 올릴 말씀이 없습니다."

마치 어린애를 꾸짖듯 꾸짖는 데 대해서도 왕은 묵묵히 듣고 있을 뿐이었다.

*   *   *   *

왕은 사실 이번의 이 일은 진심으로 후회하였다.

이번의 이 일은 정략상(政略上)으로도 커다란 실책이었다.

아직껏인들 고려의 유민들이 이 새 정부를 신용한다든가 우러러본다든가 하지는 않지만 이번 일 때문에 그 감정은 더욱 격화하였다.

그 비열한 사기수단. 정면으로 잡아다가 죽인다든가 했더라면 도리어 나았을 것이다. '관후하신 처분' 운운하여 사람을 유인하여다가 수중고혼(水中孤魂)이 되게 한 그 비열한 행동을 극도로 밉고 더럽게 본 것이었다.

신조의 재상들이 전후좌우로 하인배들을 거느리고 위의 당당히 벽제(辟除)를 하며 지나갈 때에 길모퉁이에서는,

"참 관후하시게 생기셨군."

하고 놀려대고 하였다.

"그놈 관후하신 처분으로 물에 잡아넣어 죽일 놈이로군."

민간에서는 이런 새로운 욕설이 생겨났다.

그리고 이전에는 무슨 일에든 그저 침묵을 지키던 백성들이 차차 반항을 하기 시작하였다.

여기저기서 군졸 혹은 관리와 백성들과의 충돌이 생기고 하였다. 이전에는 관리나 군졸들이 무슨 트집을 잡을지라도 슬슬 피하던 백성이거늘 이즈음은 도리어 백성들 쪽에서 트집을 잡고 말썽을 일으키고 하였다.

정부에서는 왕씨 일족에게 내린 커다란 실패 때문에, 그 위에 또한 왕의 엄명도 있기 때문에 할 수 있는 대로 관리와 백성들 사이의 분쟁을 피하도록 도모하였다.

그런 관계상 무슨 트집이라도 생길 만한 일이면 관리 쪽에서 피하건만 백성들이 도리어 따라오며 말썽을 만들려고 하는 것이었다.

그 백성을 다스리는 정부며, 그 정부의 지휘와 보호를 받을 백성이건만, 그것은 마치 견원지간(犬猿之間)과 같아서 융화되기는 도저히 바랄 수가 없었다.

*　　　*　　　*　　　*

왕은 왕씨 일족에게의 처사에 재미없는 결말을 지은 이

래, 굳게 결심하고 다시는 그런 일을 저지르지 않으려고 노심하였다.

그러나 본시 무장출신 괄괄한 성미 — 좀하면 노염이 폭발하려고 하고 한다. 그리고 노염이 폭발되어 한 일은 뒤에 이르러 보면 반드시 결말이 좋지 못하였다.

이런 일을 차차 겪고 또 겪을 동안 왕은 이 '왕노릇' 이 역하여 왔다.

노염이 날 때에 그 노염을 극도로 추켜가지고 어디로든 푸는 그 통쾌미도 이전 무장시대에는 늘 맛보던 일이지만 왕이 된 이후로는 억지로라도 노염을 삭이지 않을 수가 없는 것이 괴로웠다.

홀로 백마에 높이 올라, 활을 메고 산수도 방랑하던 재미도 왕이 된 이후에는 도저히 맛볼 수가 없었다.

무한한 자유로움. 그 자유로움은 이제는 다시 맛볼 수 없는 것이다. 더울 때라도 저고리를 벗어던지고 가슴을 부채질할 수도 없으며 남의 집 색시를 보러 담을 넘어 다니는 활극도 이제는 다시 맛볼 수 없는 노릇이다.

더구나 이전의 그 자유로운 무장시대에는 온 고려의 민심이 모두 당신께 향해 있지 않았던가. 상승장군(常勝將軍)으로서 왕명을 받잡고 왜구 정벌을 가면 반드시 이기고 이겨서 개선하는 길에는 온 국민이 고기와 술을 들고 나와서 당신을 즐겨 맞아주지 않았던가.

"문하시중 이성계."

얼마나 온 국민에게 애경을 받던 이름이었더냐.

지금 올라앉은 이 자리. 비록 그 위는 지존이며 위로는 하늘이 있을 뿐이요, 아래로는 천만 적자(赤子: 백성)를 거느린 통수자지만 온 국민의 애모의 염은 어디론가 사라져버렸다.

전에는 당신이 지나갈 때에 술과 고기를 들고 나와 맞아주던 백성들이 지금은 무슨 불길한 것이라도 보는 듯이 외면을 하여 버린다.

이런 줄 알고 얻은 자리는 아니어늘.

*   *   *   *

물론 심로(心勞)도 있을 것이지만 호의호식과 안일(安逸)한 생활 때문에 왕의 건강도 전보다 훨씬 못하였다.

누우면 즉시 잠이 들고, 잠이 들면 집이 떠나갈 듯이 코를 골던 당신이어늘 지금은 잠을 깊이 들 수가 없고 오래 계속할 수가 없고 하룻밤에도 세 번 네 번씩 깨었다.

이렇게 건강이 못해지니만치 신경은 더욱 날카로워져서 노염이 더 흔해지고 불쾌한 일이 나날이 더 많아갔다.

왕은 한양부에 건조중인 새 대궐을 연하여 독촉하였다. 신경이 약하여지면 약하여지느니만치 고려 서울이 더욱 불쾌해지고 이 수창궁이라는 대궐이 더욱 거처하기 거북하였다.

그와 동시에 왕은 무학에게 대해서도 차차 불만을 느끼기 시작하였다.

처음 심산으로는 이전 공민왕 때 신돈과 같은 관계를 맺으려고 불러온 것이었다.

그러나 불러다 놓고 보니 생각했던 바와 실제와는 꽤 거리가 멀었다.

첫째로 무학은 신돈과 달랐다. 신돈은 도승인 위에 또한 정치적 기략과 포용력과 지배력을 가진 인물이었다. 그 위에 불교식 인류애보다 민족적 편애심이 더 강하던 인물이었다.

거기 반하여 무학은 도덕 일방의 한 도승에 지나지 못한다. 무슨 문제든 모두 그것을 도덕적으로 비판하려고 달려붙지, 정치적 전개며 해결을 지을 기략은 못 가진 인물이었다.

게다가 신돈은 선천적으로 놀라운 감화력을 가졌었는데 무학은 세 치 혀로써 논하여 이론으로 남을 누르려는 사람이었다.

신돈과 무학과가 이렇듯 다른 것같이 왕으로도 공민왕과 당신과는 (온갖 점으로) 전혀 반대되는 사람이었다.

공민왕은 왕자로 태어나서 소시에 원나라 황실에 놀았으며 그 성격이 어질고 윗사람 노릇에 젖은 사람이었다. 그는 신돈에게, 일을 맡김에 온 권리를 다 맡기고 당신은 물러앉아서 승하한 왕후의 추억으로 세월을 보내고 정치상의 진척을 재상에게 청취하고는 장자(長者)답게 머리를 끄덕이어 두는 사람이었다.

그런데 당신은 무장출신으로 당신의 머리에 당신손으로 면류관을 올려놓은 이니만치 모든 일을 당신이 손수 지휘하고 관할하지 않으면 마음이 아니 놓이는 사람이다. 저 사람을 아무리 신임한다 하여도 지휘권은 그냥 당신 손에 남겨두지 않으면 안심을 못하는 종류의 사람이다.

양자가 이만치 서로 다른지라 무학을 공민왕 때의 신돈과 같이 삼으려고 불러왔었지만 그것도 뜻대로 되지 않았다.

때때로는 무학이 자기딴에는 직언(直言)을 하노라고 장소를 구별치 않고 무엄한 말을 함부로 할 때는 콱 불쾌한 생각이 솟아오를 때도 있었다.

왕은 차차 무학을 부르는 도수가 줄었다. 무학을 불러서 의견을 묻는댓자 무학에게서 나오는 대답은 아무 구체적 실행성을 띤 것이 아니요, 단지 추상적 도덕 이론에 지나지 못하는지라, 그런 종류의 의견은 있으나 없으나 일반이었다.

이리하여 구오(九五: 왕위)의 존위에 오르기는 올랐지만 왕의 심경은 더욱 음울하고 냉혹하여 갔다.

* * * *

그 해에 왕은 동서 양 두문동을 흔적도 없이 하여 버렸다.

사고하여 결정하고 실행한 일이 아니었다. 어느 날 갑자기 두문동 사건이 생각나면서 그 어느 해 과거를 볼 때에 앞재를 패랭이를 쓰고 꼬리를 이어 넘어가던 선비들이 눈 앞에 선히 보이므로 근시했던 어떤 문관에게 두문동의 그 후를 물어보았다. 물어보면서도 왕은 그것이 벌써 몇 해 전의 일이라 이제 산산히 도로 헤어져 각각 서민으로서 제 생애에 나섰으려니 하고 그야말로 지나가는 말로 물었던 것이다.

그랬는데 대답을 들건대 동서 두문동은 아직 그대로 문을 굳이 닫고 통 세상과는 몰교섭으로 지낸다 하는 것이었다.

이즈음 늘 신경이 불쾌한 감정으로 날카롭게 되어 있던

왕은 이 대답을 듣고 정도 이상의 노염을 내었다.

"불러도 안 나온단 말이지?"

"예이."

"왕명으로 불러도 안 나온단 말이지 ?"

불쾌한 듯이 내어던지는 이 왕의 말에 문관은 어떻게 복계할 바를 몰라서 어릿거렸다. 그때 왕이 다시 말을 계속하였다.

"왕명보다도 더 무서운 것이 있지. 끌어낼 도리가 있겠지. 어디 안 나오나 두고보자."

*   *   *   *

이튿날 왕명으로 동서 양 두문동에 많은 섶을 가져다 가려 놓았다. 동구(洞口)쪽으로 몇 칸쯤 좀 입을 만들어 놓을 뿐 그 밖에는 온통 섶으로 둘러쌌다.

섶에는 불이 질리었다. 맹렬히 타오르는 섶동구 앞에 좀 사이를 터놓은 그 바깥쪽에는 관원 몇이 지키고 기다리고 있었다. 즉 왕명에도 나오지 않은 그들이로되 이 불에게는 반드시 쫓겨나올 줄로 믿었다. 그리고 그리로 나오는 유신(遺臣)들을 붙잡고,

"왕명보다도 뜨거운 것이 더 무섭더냐?"

고 조롱을 하려고 기다리고 있는 것이었다.

섶의 불은 곧 동리를 쌌다. 반나절도 가지 못해서 동리는 모두 한 더미 잿가리로 변하였다. 그러나 불꽃이 필 동안도, 불꽃이 잦을 동안도, 연기에서 재로 차차 식어갈 때까지도, 이 맹화의 동리를 벗어나려고 서두는 사람은 하나도 보이지 않았다. 불이 혼자서 성하였다가 혼자서 싱겁게 사라질 뿐 그 동리에는 사람이 있는 듯 싶지도 않게 고요히 고요히 불속에서 잦아 앉고 말았다. 서두문동의 72문사, 동두문동의 48무사가 고규성(苦叫聲) 한마디도 들린 일이 없이 잔잔하게 불 아래서 사라져버렸다.

＊　　　＊　　　＊　　　＊

왕명은 무서워 안하지만 화열은 무서워할 전조 유민들을 조롱하려고 경덕궁까지 거둥을 하여 기다리고 있는 이 왕께 두문동의 보도가 들어왔다.

그 보도를 다 들은 뒤에,

"지독한 놈들이로군."

하고는 한번 높은 소리로 껄걸 웃어보려고 입을 벌렸지만 왕의 입에서 웃음소리가 나오지 못하였다.

왕은 황황히 도로 수창궁으로 환어(還御)하였다.

정원(政院: 承政院)에 명하여 오늘 일을 일기에 적지 못하도록 하였다.

사관(史官)에게 명하여 역시 오늘 일은 기록에 남기지 못하게 하였다.

거기 대한 함구령이 전국에 내렸다.

부질없이 거기 대한 말을 자랑삼아 이야기하다가 발견된 몇 관리는 당장에 효수(梟首)가 되었다. 서민측에서도 수십 명의 희생자가 났다.

*   *   *   *

그날 밤 왕은 침전에 들었으나 몸에는 오한까지 나고 밤새도록 몸을 사시나무같이 떨었다.

왕으로서는 일시적 희롱으로 한 일이었다. 왕이 불러도 안 나오는 유민들이라도 불을 놓으면 뛰쳐나올 것으로 믿었다. 안 나오지나 않을까 하는 생각은 하여 보지도 않았다. 당연히 나올 것으로 믿었다.

그리고 불에 쫓겨 뛰어나온 무리들을 불러다놓고 심심파적으로 조롱이나 해보고자 하는 일시적 유희기분이었다.

그랬는데 양 두문동 문무생들은 고요히 불에 타서 죽고 만 것이었다.

이것은 자살로 볼 것인지 피살로 볼 것인지 그런 일은 문제도 삼을 바가 아니다. 단지 왕의 일시적 희롱기분으로 1백20인의 생명을 까닭 없이 빼앗은 점이 가슴에 사무쳤다.

"내게 왕 될 자격이 과연 있는가 없는가."

일시적 희롱기분이 낳은 너무도 놀라운 결과.

너무도 의외의 결말에 왕은 어찌할 바를 알지 못하였다.

*   *   *   *

함구령은 가장 효과 있게 시행되었다.

영을 어긴 자를 관가에 일러바치는 사람에게는 막대한 상을 주었다.

영을 어긴 자는 누구를 막론하고 극형이었다.

왕의 마음이 특별히 어질다든가 한 바가 아니지만 이 사건은 결과가 너무도 놀라운지라 이 일뿐은 결코 후대에까지 말거리로 남겨두기가 싫었다. 이 사건에 철없이 주둥이를 놀리다가 효수를 당한 사람의 수효도 적지 않았다.

송경은 암담한 기분 아래 눌렸다. 무슨 말을 하고싶은 것을 못하노라고 서로 입을 들먹거리며 상대자의 입을 바라보는 뿐이었다.

사람들은 서로 사람 만나기를 꺼리었다. 만났다가는 어

떤 일로 어떻게 뒤집히어 잡힐지 예측을 할 수가 없으므로 할 수 있는껏 모두 두문불출하였다.

한산한 거리와 골목. 모두 벙어리와 같이 된 백성들.

이러한 가운데를 포리(捕吏)들은 귀를 추켜들고 동서로 분주하였다.

＊　　　＊　　　＊　　　＊

이리하여 10년, 20년, 30년, 40년, ― 그때 그 사건을 목격했거나 직화(直話)로 들은 사람들은 차차 모두 저 세상으로 떠났다.

그들이 함구를 한 채 저 세상으로 갔는지라 두문동 사건의 진상은 완전히 이 지구상에서 소멸되고 말았다.

서두문동에 문사가 일흔 두 사람, 동두문동에 무사가 마흔 여덟 사람이 들어 숨었던 일이 있었다, 하는 이외에는 그 진상을 아는 이가 없다. 그 1백 20인의 성명도 미상하고, 72인과 48인이 끝까지 함께 있었는지, 일변 들어오고 일변 나가고 해서 첫 번 입동시(入洞時)와는 다르게 되었는지, 죽은 연월일도 미상하고 온갖 것이 모두 연막 뒤에 감추어져 똑똑히 식별할 수가 없다.

*   *   *   *

이리하여 이 수수께끼는 영구히 풀릴 날이 없을 것이다.

안 돌아오는 사자(使者)

"또 한 놈──."

"금년에 들어서도 벌서 네 명쨀가 보오이다."

"그런 모양이다. 하하하하."

용마루가 더룽더룽 울리는 우렁찬 웃음소리다.

"어리석은 놈들, 무얼 하러 온담."

저편 한길에 활을 맞아 죽은 사람을 누각에서 내려다보며 호활하게 웃는 인물. 비록 호활한 웃음을 웃는다 하나, 그 뒤에는 어디인지 모를 적적미가 감추어 있었다. 칠십에 가까운 듯하나 그 안색의 붉고 윤택 있는 점으로든지 자세의 바른 점으로든지 음성의 우렁찬 점으로든지 아직 젊은 이를 능가할 만한 기운이 넉넉하게 보였다.

"이제도 또 문안사(問安使)가 오리이까?"

"또 오겠지. 옥새(玉璽)가 내 손에 있는 동안은 연달아 오겠지."

"문안사들이 가련하옵니다."

"할 수 없지."

＊　　　＊　　　＊　　　＊

함흥 본궁에 돌아와 계신 이씨 조선의 건국자이신 태조 이성계. 지금의 위계로는 태상왕(太上王)이시었다.

태상왕께서 당신의 (생존한) 맏아드님 방과(芳果 : 정종대왕)께 왕위를 물려드리고 이 함흥 본궁으로 오신 지도 이미 수개 년. 그 때 위(位)를 받으셨던 정종대왕은 이미 퇴위하시고 태상왕께는 다섯째 아드님이요 정종대왕(이제는 상왕)께는 아우님이 되시는 방원(芳遠)이 등극하신 지도 또한 몇 해가 지났다.

함흥 본궁에 한가히 계시고 이제는 세상 집무는 모르신다 — 표면은 이렇게 되어 있었지만 그 이면에는 여러 가지의 사정이 있었다.

서울 왕에게서 함흥 계신 태상왕께 문안사가 오면 태상왕은 만나보시지도 않고 오는 문안사마다 모두 멀리서 활로 쏘아 죽여버렸다. 이전 고려조 신사(臣仕)할 때부터 명궁(名弓)으로 이름이 높던 태상왕의 살은 벌써 수십 명의 왕사(王使)를 만나시지도 않고 죽여버렸다.

옥새라 하는 것은 당연히 왕이 가지셔야 할 것임에도 불구하고 태상왕은 당신의 손으로 아직도 옥새를 맡아 가지고 계시고 아드님께 물려드리지를 않으셨다.

말하자면 왕위를 물려받으신 정종대왕이며 그 뒤를 또 물려받으신 태종대왕은 왕의 위에는 오르셨다 하나 왕위를 증명하는 옥새는 그냥 태상왕의 손에 있었다.

마음이 오직 착하시기만 한 상왕(上王: 정조대왕)은 옥새 없는 왕위를 2년간을 그냥 지나셨건만, 패기 만만한 현왕(現王: 태종대왕)은 이런 허명의 왕위뿐에 만족할 수가 없으시기 때문에 문안을 겸하여 옥새를 달래러 연하여 왕사를 함흥으로 아버님 태상왕께 보내셨다. 그러나 그 왕사는 함흥까지 가기는 가지만, 살아서 돌아오는 사람이 없이 모두 태상왕의 살 아래 애처로운 혼이 되었다. (옥새는 명나라에서 내린 것이다.)

＊　　　＊　　　＊　　　＊

호활하고 뇌락한 기품의 태상왕.

"하하하하."

칠십노인답지 않은 호활한 웃음으로 이 세상을 눈 아래로 굽어보시는 듯이 마음에 아무 구애되는 일도 없으신 모양으로 지나시지만, 태상왕의 가슴 깊이는 남이 헤아리지 못할 큰 근심이 숨어 있었다.

무너져가는 고려의 사직을 둘러엎고 여기 이씨조선의 크나큰 기업을 세워는 놓았지만 이 기업에 흠점이 생기지나 않을까. 아직 자리잡히지 않은 이 기업, 그 출발에 조그만 착오라도 있으면 장래에는 그것이 얼마나 빌려질지 알 수가 없을 것이다. 처음 출발을 바로 하지 않으면 안 될 것이다.

그런데 이 이씨 기업의 출발에 벌써 좋지 못한 그림자가 띠었다.

＊　　　＊　　　＊　　　＊

돌아보건대 당신 재위시의 일이었다.

진안대군, 정종대왕, 익안대군, 희안대군, 태종대왕, 덕안대군, 이렇게 여섯 왕자가 전비(前妃) 한씨에게서 탄생한 분들이었다.

무안대군, 의안대군, 이렇게 두 분이 계비(繼妃) 강씨의 탄생한 바이었다.

여덟 분의 왕자를 거느리시고 일국의 지존의 위의 계신 당년의 태상왕이었지만, 가정적으로 매우 불쾌하고도 참담한 일을 겪으셨다.

태상왕의 전비 한씨는 태상왕이 아직 이씨 조선을 건설하시기 전에, 한낱 무장(武將)의 아내로서 세상을 떠났다. 그 뒤에 맞은 계비 강씨는 절색이라 일컬을 아리따운 여자였다.

태상왕은 매우 계비 강씨를 사랑하셨다. 그리고 계비의 탄생인 두 왕자 방번(무안대군), 방석(의안대군)을 또한 유난히 사랑하셨다. 사랑하는 이의 몸에서 난 왕자며 그 위에 아직도 어린애니까 사랑하시는 것이 당연하였다.

이 유난히 사랑하시는 점을 좀 다른 의미로 본 사람에, 왕비 강씨와 총신 정도전, 남은 등이며 전비 탄생의 방원 등이 있었다.

계비(繼妃) 강씨며 정·남 등은 왕(지금의 태상왕)께서 계비 탄생의 두 아드님을 유난히 사랑하시는 점을 이용하여, 계비탄생인 방석을 세자로 책봉하게 하도록 운동을 하였다.

이 밀모가 비밀히 진행되는 동안, 눈치 빨리 이 기수(幾數)를 채인 사람은 전비 탄생의 제5왕자 방원(후의 태종대왕)

이었다.

제5왕자 방원 — 성미가 괄괄하고 그 패기며 야심이 만만한 인물인 방원은 이씨조선 건국의 공에 있어서는 내부(乃父)인 태조보다도 오히려 더 많다 할 수 있는 인물이었다.

아직 고려조에 신사하던 시대의 이시중(李侍中)이 유예미결하는 일이 있을 때마다 아버님을 격려하고 충동하여 드디어 이씨 건국의 대사업을 성취하게 한 건국 제일공자(第一功者)였다. 주저하는 아버님을 격려하여 고려충신 정몽주를 선죽교에서 박살한 것도 방원이었다. 주저하는 아버님을 뒤받아서 수창궁에서 즉위하게 한 것도 방원이었다.

이만치 이씨조선 건국에 있어서 제일공을 가지고 있는지라, 아버님 왕만 퇴위하시면 당연히 자기가 그 위를 잇게 될 것으로 굳게 믿고 있었으며, 정식으로 세자의 책봉은 받지 않았지만 세자로 자처하고 있었다.

그런데 여기 의외에도 자기와는 배가 다른 동생 되는 방석(芳碩)을 끼고 어떤 밀모가 진행되는 듯한 눈치를 볼 때에, 그는 이를 묵과할 수가 없었다. 이리하여 이씨 조선 개국초에 벌써 왕족끼리의 살륙이라는 불길한 사건이 일어났다. 방원은 자기를 도우려는 몇몇 재상과 무장을 인솔하고 적대편인 정도전·남은 등의 무리를 모두 죽이고 그 위에 나아가서는 자기의 이복동생 되는 방번·방석까지 죽여버렸다. 이것이 소위 '방석의 변'이라는 것이다.

* * * *

개국 벽두에 생긴 이 참변에 태조께서 크게 깨달은 바가 있었다.

이씨 조선의 만년지계를 도모하려면 먼저 왕위계승의 순서를 세워야겠다.

왕위는 왕의 맏아들이 이을 것, 맏아들이 일찍이 돌아가면 왕 장손이 이을 것, 왕 장손도 없는 경우에 한해서 연장자의 순서를 세워놓지 않으면 왕위 계승 문제 때문에 이씨 자손은 대대로 다툼이 끊길 날이 없을 것이다.

왕도 사람인 이상에는 어찌 많은 아들 중에 특별히 귀여운 자식과 미운 자식이 없으랴. 왕자들도 사람인 이상에는 반드시 맏아들이 공이 크고 작은아들이 공이 적으라는 법도 없을 것이다. 그러나 이 애중(愛重)의 염(念)을 초월하여 공의 유무를 막론하고 출생의 순서로서 왕위를 계승한다는 철칙을 일찍부터 세워둘 필요가 있다.

* * * *

이리하여 태조는 황황히 당신의 생존한 왕자 중의 맏되시는 방과(芳菓)에게 선위(禪位)를 하시고, 당신은 개성으로, 다시 함흥으로 피하신 것이었다.

그러면서도 그래도 마음에 걸려서 안심이 되지 않은 것은 다섯째 아드님 방원의 너무도 큰 야심과 패기였다.

왕위를 떠나 상왕이 되셔서 함흥으로 떠나실 때에도 이것이 그냥 근심스러워서 상왕은 방원을 조용히 부르셨다. 그리고,

"현왕을 도와라. 아직 자리잡히지 않은 사직을 보전하기에는 현왕은 너무도 착하시다. 네가 도와라. 너 외에는 도울 만한 사람이 없다."

고 타이르셨다.

이때의 방원의 대답은 무엇이었던가?

"네…."

하고 대답은 하였다. 그러나 분명히 불평한 안색이었다. 형이 이 사직을 지킬 만한 능력이 없음직하면 왜 제게 물려주시지 않았습니까 하는 듯한 태도였다.

상왕은 알아보셨다. 알아보시고 속으로 몸서리치셨다.

*　　　*　　　*　　　*

상왕이 신왕께 옥새를 전하시지 않고 그냥 가지고 가셨다는 점을 안 것은 상왕이 벌써 함흥에 도착하신 뒤의 일이었다.

상왕은 옥새를 가지고 가셨다. 전위(傳位)를 하면 당연히 신왕께 전해야 할 옥새를 상왕은 그냥 가지고 가신 것이었다.

옥새 없이는 전위를 못하는 것 — 이번에 신왕께 전위를 하였지만 이 신왕은 자유로이 전위를 못하시리라 하시는 상왕의 심려였다. 당신만 함흥으로 가시면 방원은 반드시 이 착하신 현왕을 육박하여 방원 자기를 세자로 책봉하게 하고 그 뒤에는 또 현왕을 육박하여 퇴위하게 하고 방원 자기가 설 것을 짐작하신 상왕은, 옥새를 가지고 가셔서 이런 자유를 금하시려는 수단으로 신왕께 전수하시지 않은 것이다.

*　　　*　　　*　　　*

그러나 이 상왕의 계획도 수포로 돌아갔다.

옥새가 없으니 정식 전위교서(傳位敎書)는 만들 수 없을 것이지만, 실제의 왕위수습은 옥새 없이라도 하리라는 점을 상왕은 잊으셨다.

상왕이 함흥으로 가시기가 바쁘게 서울서는 왕사(王使)가 함흥에 뒤따랐다. 그리고 방원이 세제(世弟)로 책립되었다는 것을 상계(上啓)하였다.

상왕은 벌컥 노염을 내셨다.

"그런 동궁은 나는 모른다. 주상전하께서 왕사가 있지 않으냐."

그 뒤를 연하여 세제책립의 국서에 어새(御璽)를 눌러야 할 터이니 옥새를 보내주십사 하는 왕사가 이르렀다.

"모른다. 몰라. 그런 세제는 나는 모른다."

상왕은 버티셨다.

그러나 이때 상왕은 분명히 짐작하셨다. 이후 대대로 왕위 계승 때문에 유혈극이 반드시 일어날 것을······.

1년이 지난 뒤에 왕은 퇴위하시고 세제 방원이 등극하셨다는 왕사가 함흥 본궁에 오게 되었다. 옥새 없이도 왕위는 변동이 될 것이었다.

아직껏의 상왕은 태상왕이라는 호를 받게 되시고, 왕은 상왕이 되시고 방원이 신왕이 되셨다.

*　　　　*　　　　*　　　　*

한낱 허수아비와 같은 옥새를 붙들고 혼자 버티시던 상

왕(이제는 태상왕)은 이 일에 드디어 격노하셨다.

공으로 보아서, 또는 기품으로 봐서, 어느 모로 뜯어보든 간 왕의 자격에 일점의 부족도 없는 신왕이지만, 이씨 장래의 영원지책으로 보아서, 이 몸서리칠 일에 태상왕은 너무도 불쾌하시기 때문에 그 상계가 이른 뒤 한동안은 수라도 잘 받으시지 못하셨다.

"고약한―, 고약한―."

연방 불쾌하신 듯 이렇게 말씀하시며 침을 허투로 뱉으시고 하였다.

*　　*　　*　　*

그 뒤부터 소위 후세에 이르는 바 '함흥차사(咸興差使)'의 사건이 생겼다.

이 불충(不忠)·불효(不孝)·부제(不悌)의 신왕을 좋게 볼 수가 없으신 태상왕은 신왕을 왕이라 보시지 않았다.

현왕의 위를 물려받으신 신왕은 당신의 지위를 정식으로 고정하게 할 필요상 옥새를 가져와야겠는 고로 연하여 문안사를 함흥 본궁 태상왕께 보냈다. 그러나 태상왕은 그 문안사를 한 번도 만나보시지 않았다.

멀리서 말을 달려오는 인원이 벌써 서울서의 문안사로

짐작되시면 곁에 상비해둔 활로써 쏘아서 문안사가 궁문에 까지도 이르러본 적이 없었다.

"하하하하."

문안사를 활로 쏘아서 거꾸러뜨리실 때마다 태상왕은 시신들 앞에서는 호활한 웃음으로써 그 내심뿐은 감추시고 하셨지만, 벌써 칠순이 가까운, 움직이기 쉬운 마음은 매우 괴로우셨다.

"또 한 놈."

그러나 서울 계신 왕은 마치 태상왕과 경쟁을 하시자는 듯이 돌아올 길 모르는 문안사를 그냥 연하여 보내셨다.

"아직도 뉘우칠 줄 모르고. 아아, 이씨도 오래가지 못하겠구나."

홀로 자리에 들으셔서 먼 서울 일을 생각하시며, 또는 지나간 해의 상쾌하던 기업을 회상하실 때에는 이 늙으신 영웅의 눈에서도 하염없이 눈물이 흐르고 하였다.

태상왕의 이 원대하신 심사는 모르고 문안사를 없이할 때마다 '왕보다도 더 높은 이'의 직신(直臣)이라고 멋없이 기뻐들 하는 시신들을 보실 때에는 더욱 적막감과 불쾌감을 금하실 수가 없었다.

이러한 가운데서 지나시는 세월은 일년, 또 일년….

신왕도 태상왕께는 친아드님, 왜 부자지간의 정애(情愛)

야 없으랴. 더욱이 이씨조선 건국의 제1공을 가지신 신왕이 시매 신임하시는 생각인들 왜 없으랴.

그러나 오래 이 세상에 살아 계시기 때문에 얻으신 많은 경험으로 미루어, 사사로운 사랑이나 의리보다도 더 큰 곳을 바라볼 때에 밉지 않은 사람을 밉게 안 보실 수가 없고, 싫지 않은 사람을 책하시지 않을 수가 없었다.

*   *   *   *

이렇듯 보내는 문안사마다 모두 태상왕의 노염을 사서 참변을 보게 하는지라 왕께서도 좀더 생각해 보시고 사신의 인선(人選)에 좀 유의하셔서 태상왕의 이전 고려조 신사(臣仕) 시대에 친교가 있던 성석린(成石璘)을 뽑아 보내셨다.

성석린은 이 태상왕과 친교가 있더니만치 살 끝에 고혼(孤魂)됨을 면하였지만, 태상왕의 마음을 풀게 하지는 못하였다.

서울 왕궁과 함흥 태상왕궁의 사이는 돌아올 길 없는 차사만 연하여 오고 또 오고 — 날이 가고 달이 가고 해가 가도 같은 것이 헛되이 반복되고 또 반복될 뿐이었다.

*   *   *   *

판승추부사(判承樞府使) 박순(朴淳).

대궐에 있어서 태상왕과 왕의 사이에 이런 불상사가 뒤를 이어서 생겨나는 것을 볼 때에, 이 늙은 재상은 이 일을 그냥 볼 수가 없었다. 그래서 그는 왕께 자청하여 함흥까지 사자로 가기로 하였다.

가면 십중팔구는 못 돌아올 몸임을 모르는 바가 아니로되, 임금과 나라를 위하여 적성(赤誠)으로 그는 늙은 몸의 마지막 봉사를 하려 억지로 왕의 윤허를 얻어 가지고 함흥으로 길을 떠났다.

육로·수로를 거듭해 함흥까지 이르러서 멀리 행재소(行在所: 임금이 멀리 궁을 떠나 머무는 곳)가 보일 만한 곳에서 박순은 하인들도 모두 떨구었다. 그리고 스스로 어미말 한 마리와 새끼말 한 마리를 끌고 행재소로 향하였다.

바라보매 멀리 행재소 누각에 앉아서 담화를 하고 있는 몇 개의 인물, 그 가운데 중심이 되어 있는 인물은 일찍이는 여조(麗朝)에서 동료로 지냈고 그 뒤에는 같이 힘을 아울러서 이 나라를 개척한 뒤에, 처음에는 임금으로서, 다음에는 상왕으로서, 지금은 태상왕으로서 한결같이 자기의 경애의 염을 바쳐서 마지않은 이 노우(老友)임에 틀림이 없었다.

행재소에서도 이 박순을 발견한 모양이었다. 이 근처에서 보기 쉽지 않은 높은 관원의 행차를 발견한 행재소에서는 모두들 박순의 편을 주의하고 있다.

　이것을 보고 박순은 끌고 오던 새끼말을 길가 나무에 비끄러매었다. 그리고 어미말만 끌고 행재소 정문을 향하여 길을 더듬었다.

　　　　*　　　*　　　*　　　*

　"전하!"

　여러 해만에 옛날 벗의 앞에 꿇어 엎드린 박순, "전하!"의 한마디밖에는 말이 막혀서 나오지를 않았다. 눈물만 비오듯 쏟아졌다.

　그때에 저 편에서 들려오는 기괴한 소리. 돌아보니 한길에 남기고 온 새끼말이 어미를 찾노라고 부르는 애호성(哀呼聲)성이었다. 행재소 안뜰에 매어둔 어미말도 제 새끼의 애호성에 마음 안 놓이는 듯이 연방 귀를 기웃거리며 발로 땅을 긁으며 부시석거렸다.

　"원로에 어떻게 오셨소?"

　옛 벗에게 태상왕의 음성도 부드러웠다.

　"녜이. 전하 승후(承候)치 못한 지 45성상(星霜)…."

말을 더 계속할 수가 없었다. 차차 더 요란스러워 가는 새끼말 어미말의 애호성에 이 행재소에 때아닌 전쟁이 일어난 듯하였다.

"저게 뭐냐?"

태상왕이 너무도 요란한 소리에 근시들에게 이렇게 물으실 때에, 박순이 대신 아뢰었다.

"전하, 신의 죄로소이다. 신이 끌고 오던 새끼말을 한길에 버려두었더니 새끼는 어미를 찾노라 어미는 새끼를 찾노라 이렇듯 요란한가 보옵니다. 미물이나마 모자지정은 인간과 다름이 없는가 보옵니다."

힐끗 쳐다보매 태상왕의 한순간 찌푸리시는 눈살. 동시에 용안(龍顔) 전체를 스치고 지나가는 처량한 기색.

박순은 행재소에 수일간 묵었다. 그러나 이 노련한 유세객(遊說客)은 한 번도 직접 태상왕께 대하여 신왕을 관대히 보시라고는 여쭙지 않았다. 기회 있는 때마다 빗걸어 두고, 어버이와 자식간의 정애는 끊을 수가 없음을 내비칠 뿐이었다.

태상왕은 마음으로 신왕을 밉게 보시는 것이 아니었다. 칠십 만로(晚老)이신 태상왕이요, 그 위에 그의 전후 비(妃)를 통하여 여덟 분이나 두셨던 왕자 중에 맏아드님 진안대군은 잠저(潛邸)시에 벌써 돌아가시고, 희안·무안·의안 3

대군은 모두 정치상 알력으로 참화를 보고, 겨우 남아계신 분이 이 아드님이시매 미울 까닭이 없으셨다. 단지 순서없이 왕위에 오르신 점을 아름답지 못하게 보신 뿐이었다.

박순이 묵어있는 동안, 태상왕은 할 수 있는 대로 단 둘이 계실 기회를 피하셨다. 이 오랜 벗을 만나기가 괴로우셨다. 인정과 도리가 서로 어그러질 때에 어느 편을 취하실지 매우 주저하셨다.

* * * *

수일 후에 박순은 도로 길을 떠났다. 그 때는 박순도 태상왕의 마음이 얼마만치 돌아서게 되신 것을 보았다. 자기가 이만치 마음이 돌아서시게 하였으니, 그 뒤 누가 한 사람만 더 와서 회가(回駕)하시기를 청하면 넉넉히 응하실 만한 자신을 얻었다.

행재소 뜰 아래 박순이 하직하고 떠날 때에 태상왕은 무연히 박순을 보내셨다.

"서로 늙은 몸, 언제 다시 만날는지……."

"전하는 만수무강하시리다. 신은 벌써 노쇠했으니깐, 앞서서 황천에 갈밖에는 없겠습니다."

한때는 고려조의 친구로서 서로 손을 맞잡고 일하던 이

두 노인은 주종(主從)으로서의 마지막 하직인사를 주고받았
다. 그리고 이것이 진실로 마지막 하직의 길이 될 줄은 태
상왕도 뜻도 못하였고 박순도 몰랐다.

*　　　*　　　*　　　*

　박순이 행재소 밖으로 사라지매, 태상왕의 시신들은 모
두 태상왕께 대하여 박순 죽이기를 청하였다.
　태상왕께서 왕사(王使)는 모두 죽여버리는 그 깊은 속사
정은 모르고 단지 왕사는 죽인다 하는 사실만 인식할 줄 아
는 시신들은 서로 공을 세우기 위하여 박순 죽이기를 태상
왕께 청한 것이었다.
　창연한 심사로서 박순을 보내신 직후에 시신들에게 이런
청을 받으신 태상왕은 심중에 매우 곤란하였다. 일단 세웠
던 법을 이유 없이 다시 거두는 것은 왕법을 흐리게 하는
일, 그렇다고 태상왕은 이 노우만은 결코 죽이고 싶지 않으
셨다.
　"누가 갈 테냐?"
　누가 박순을 죽이려 가겠느냐는 질문이셨다.
　"신이."
　"신이 가겠습니다."

제각기 공을 세우려고 덤벼드는 시신들을 딱한 듯이 보셨다.

이 근신들에게 졸리시기를 얼마 ─.

얼마를 졸리신 뒤에 부득이 이를 허락하시지 않을 수가 없었다. 그러나 시간으로 따져보아서, 이맘때쯤이면 박순은 넉넉히 용흥강(龍興江)을 건너갔을 때였다.

"강을 벌써 건넜거든 내버려두어라."

칼을 사자에게 내어주시며 이렇게 명하시면서 마음으로는 '늙은 친우여, 어서 무사히 강을 건너라'고 심축(心祝)하여 마지 않으셨다.

         *   *   *   *

그러나 이때까지도 박순은 건너지 못하고 있었다. 도중에 갑자기 몸에 고장이 생겨서 길이 늦어졌기 때문에 칼을 받은 사신이 박순을 따라 뒤미친 때는 박순은 그 발을 겨우 나루에 옮기려 할 때였다.

"박순이 반재강중(半在江中) 반재선(半在船)"이라고 개가를 부르며 사신이 돌아와서 태상왕께 복계(覆啓)할 때에, 태상왕은 신하들 앞에서는 그 눈치를 안 보이셨지만 곧 외딴 방으로 몸을 피하셔서 우셨다. 짧지 않은 세월을 동고동락을 하던 벗을 당신의 손으로 죽이시지 않지 못한 그 괴상한 운명을 목을 놓아 통곡하셨다.

*   *   *   *

그러나 박순의 죽음은 결코 헛된 죽음이 아니었다. 박순의 죽음으로 말미암아 태상왕은 남환(南還)하실 뜻을 결하셨다.

첫째로는 밉기는 밉지만 또한 당신의 몇 분 왕자 중에 가장 걸출이던 신왕의 왕자(王者)적 태도도 보고 싶으셨고,

둘째로는 당신이 세우신 이 기업이 착착 얼마나 자리 잡혔는가, 정치의 중심지인 서울에서 이 점을 관찰도 하고 싶으셨고,

셋째로는 이리하여 늙은 친우의 혼으로 하여금 원을 풀게 하여주고 싶고.

이러한 여러 가지의 이유 아래서 이제 다시 그럴듯한 핑계만 생기면 환경(還京)하시기로 내정하셨다.

이런 때에 무학사(無學師)가 또한 왕명으로 함흥 행재소에 오게 되었다.

*   *   *   *

일찍이 태조 건국초에 그 도읍하실 곳을 정치 못하여, 고달산(高達山) 초암(草庵)에 도를 닦고 있던 고승 무학에게 정도(定都)할 땅을 선택하게 하였다. 무학이 여러 곳 지형을 살펴보고 한양을 '인왕산을 진을 삼고, 백악과 남산을 좌우 용호로 삼는다(以仁王山作鎭而白岳南山左右龍虎)' 하여 정도할 곳이라 하였다. 이리하여 무학의 뜻을 받아서 한양에 정도하신 이래로 신임 깊으신 무학을 왕은 태상왕께의 문안사로서 보내게 되었다.

　　　　*　　　　　*　　　　　*　　　　　*

태상왕은 뜻 아니한 무학대사의 내방을 반가이 맞으셨다. 그러나 반가이 맞으시면서도 첫 번 물으신 말씀이 이것이었다.

"대사도 또 유세하러 왔소?"

거기 대하여 무학은 빙그레 웃었다.

"전하를 안 지 수십 년, 지금 한거해 계시는 전하의 심심파적이라도 해드릴까 하고 왔습니다.

　　　　*　　　　　*　　　　　*　　　　　*

수십 일간을 행재소에 묵을 동안, 무학은 태상왕께 대하여 신왕의 결점만 들추어내었다. 여사(如斯)하니 이도 왕의 잘못이요, 여사하니 이 역시 왕의 과실이라고 왕의 결점만 들추어내었다. 그러면서 태상왕의 동정만 살폈다. 관찰한 결과로 무학은 태상왕이 신왕의 결점만 말하는 것을 결코 좋아하시지 않은 점을 발견하였다. 수십 일간을 두고 이 점을 관찰한 뒤에 어떤 날 저녁 조용한 기회를 타서, 무학은 태상왕의 앞에 꿇어 엎드려 탄원하였다.

　"전하, 전하의 세우신 기업이 지금 위태롭습니다. 이제 바로 잡지 않으시면 일껏 세우신 위대한 기업이 허사로 돌아갈까 빈도는 근심되옵니다."

　"대사, 그게 무슨 말씀이오?"

　이렇게 물으시는 말씀에 대하여 무학은 눈물을 흘리며 복주(伏奏)했다.

　"전하, 모(某: 신왕을 가리킴)의 죄가 많음은 빈도도 모르는 바가 아니로소이다. 그러나 전하는 못 살피시나이까? 전하의 제왕자는 모두 진(盡)하옵고 오직 지금 모 한 분만 남아 계시지 않으나이까? 공정왕(정종) 전하께는 적출왕자가 안 계시옵고, 익안대군은 명민치 못하시고, 오직 이 한 분이 계시지 않습니까? 이 분마저 전하께서 버리시면 전하 평생

신고(辛苦)의 대업을 장차 뉘게 부탁하려 하옵니까? 타성(他姓)에게 이 대업을 건네주시느니보다는 미우시지만 전하의 혈족께 전하시는 것이 옳지 않으시나이까? 지금 사직은 정했다 합지만 아직 기초 든든치 못한 이때, 전하의 삼사(三思)를 원하는 바이옵니다."

이 무학의 충간에 대하여, 태상왕은 아무 대답도 안 하셨다. 눈을 푹 감으시고 고요히 앉아 계실 뿐이었다.

그러나 미리부터 환경하시기를 내심으로 작정하셨던 일이라, 무학의 청을 기회 삼아 오래 떠나 계시던 한양으로 돌아가시기로 하셨다.

그 뒤에도 수일간을 무학이 두고두고 권할 때에, 마지못하는 듯이 환경의 노부(鹵簿: 임금이 거둥할 때의 儀仗)를 준비하라고 시신(侍臣)에게 명하셨다.

＊　　　＊　　　＊　　　＊

이리하여 태상왕은 옥새를 친히 몸에 지니시고 아드님 왕께 이를 전하시려 무학대사와 함께 함흥본궁을 떠나서 한양으로 돌아오셨다.

양녕(讓寧)과 정향(丁香)

이조 5백년을 통하여 가장 찬란한 문화의 꽃을 피웠던 세종대왕의 성대에 생긴 한 개 아름다운 에피소드.

*　　　*　　　*　　　*

"새덫[鳥械] 나으리 행차시다."

"쉬─. 붙들렸다가는 춤추이느니라."

거리의 통행인들이 모두 제각기 지껄이며 골목으로 숨어 버린다. 그리고 숨어서도 그래도 호기의 눈으로 거리를 엿보고 있다. 이윽고 저편에서는 한 개의 행차가 위세 좋게 나타났다.

궁액(宮掖), 구종 별배들의 호위 아래, 벽제(辟除) 소리 요
란스럽게 거리를 지나가는 행차.

초헌(軺軒: 종2품 이상의 벼슬아치가 타던 외바퀴 수레)에 올
라앉아서 사선(紗扇)으로 얼굴의 반면을 가리우고, 피곤한
듯한 눈을 앞으로 뜻없이 붓고 있는 젊은 공자. 무엇을 생
각하는지. 아무 생각도 안하고 있는지.

곧추 앞으로 향한 눈은 움직임도 없이. 골목골목에 꽉 차
서 숨어 있는 서인(庶人)의 무리는, 들키지 않게 서로 손가
락질을 하며 공론을 한다.

"저게 미친 사람일까?"

"암. 그럼."

"보기에는 안 그렇구먼."

"보기와는 딴판이라네."

"흐―응."

자기에게로 향하는 뭇손가락. 자기 위에 부어지는 많은
눈알. 이것을 전혀 모르는 듯이 무심히 초헌 위에서 좌우로
몸을 건들거리며, 대궐로 행차하는 길을 챈다.

어디가 미친 사람일까?

화기 있는 얼굴. 곧추 앞으로 부어진 눈. 도통한 듯한 넓
은 이마. 단아한 그의 태도. 어디로 보아도 나무랄 데 없는
당당한 공자이어늘, 그 어느 곳을 미친 사람으로 볼 것인

가?

골목에 숨어서, 미친 사람이라 수군거리며 손가락질하고 있는 서민들도 미친 사람다운 데를 찾아내지 못하였다. 지금껏 이 서민들이 길에서 많이 본 수많은 왕족 중에 가장 외모로 영특한 분을 골라내라면, 당연히 이 양녕을 들밖에는 도리가 없을 것이다.

그러나 서민들이 가장 영특한 분이라고 생각하던 이 왕자가, 홀연히 대궐과 조정에서 "미친 사람"이라는 명목을 뒤집어쓰고 멀리함을 받았다. 많은 지혜자들이 모인 조정에서 이 왕자를 미친 사람으로 단정한 이상은 물론 미친 사람임에는 틀림이 없을 것이다. 그러나 그 행차가 지나갈 때마다 우러러보는 외모로는, 이전이나 지금이나 조금도 다른 바가 없이 여전한 영특한 왕자였다.

먼젓번 상감의 맏아드님으로 태어나서 일찍이 왕세자로 책봉이 되었던 이 공자. 그 뒤에는 미친 사람이라는 명색 아래 폐사(廢嗣)를 당한 이 공자.

미친 사람이라고 폐사를 당한 후에, 이 공자의 셋째 아우님 되는 충녕대군(忠寧大君)이 대신으로 세자에 책봉이 되었다.

그 뒤에 선왕은 퇴위를 하고 충녕대군이 왕위에 오르게 되었다. 즉 세종대왕.

이리하여 이전에는 '미친 왕자', 지금은 '미친 왕형' 인 이 공자.

그러나 이전이나 지금이나 조금도 다름이 없는 관대한 장자다운 얼굴에는 보이는 듯 마는 듯한 미소를 띠고, 장안 대로를 이리저리로 자유로 휘돌아다니는 것이었다.

"참 아깝구려."

"암, 아깝지."

서민들의 이런 탄식을 그는 듣는지.

*   *   *   *

서민들의 탄식성을 뒤에 남기고, 대궐에 들어간 양녕은 그의 아우님인 왕(세종대왕)께, 편전에서 뵈었다.

"전하. 신께 삼사삭(三四朔)의 수유(受由)를 허하시면 능히 신의 평생지원(平生之願)을 이룰까 하옵는데 성의(聖意)가 어떠하오신지?"

그 날도 형님을 맞이하여 잔치를 베풀고 형제의 의를 들을 때 기회를 보아 양녕은 아우님께 이런 청을 하였다.

"형님의 평생지원이란 어떤 것이오니까. 동생이 왕위에 있어서 능히 이를 수 있기만 한 것이라면 형님의 평생지원이야 못 이루어 드리리까?"

왕도 미소하면서 이렇게 응하였다.

"다름이 아니오라, 서경(西京: 평양)은 명승지지로 고래로 이름이 높사오며, 단군·기자의 끼치신 터로 이 나라의 후인으로서 한번 반드시 찾아야 할 곳 — 시절은 바야흐로 춘삼월 꽃때오니, 한번 이름에 듣던 을밀대, 부벽루며, 성천, 무산십리 등 선경(仙境)을 완상하오며 젊은 호기를 한번 뽑아보오면 겨울 한철의 음산하던 기분을 모두 한꺼번에 씻을 수가 있을까 하옵니다."

왕은 안정(眼睛)을 굴려서 형님의 얼굴을 굽어보았다. 잠시 굽어보다가 역시 미소하면서 대답하였다.

"형님께서는 서경(西京) 미색과 감홍로(甘紅露: 평양 특산의 소주)의 이름을 들으셨나 보구려."

양녕은 머리를 조금 들었다.

"아니옵니다."

그러나 얼굴이 붉어졌다.

"만약 전하께서 그렇게 의심하시면 신은 서경 수유의 욕망을 잊어버리오리다."

이리하여 서경 문제는 그만치 사라져버렸다. 그러나 젊은 공자 양녕의 마음에서는 그 욕망이 아주 사라진 것이 아니었다.

이 호화롭고 활달한 공자.

일찍이 세자로 책봉이 되었었지만, 아버님(태종) 왕의 뜻이 자기에게 있지 않고 자기 셋째 동생 충녕에게 있음을 짐작할 때에 스스로 온갖 행패를 다하여 세자라 하는 귀한 자리를 헌신같이 내어 던졌다.

그가 아버님 왕께 폐사의 구실을 주기 위하여서는 진실로 기괴한 행동까지 취하였다.

새덫을 세자궁(世子宮) 뜰에 장치하여 놓고 거기 새가 와서 걸리기만 하면 하던 공부를 집어던지고 뜰로 버선발로 달려 내려가서 그 새를 집어 가지고 놀고 — 이러기 때문에 '새덫 세자'라는 칭호까지 얻었다 — 하였다.

미친 사람같이 대궐뜰에 매[鷹] 부르는 소리를 하면서 돌아다녔다.

부왕이 상무평강시(常無平康時)에 세자의 몸으로 당연히 함께 부왕을 모실 것이어늘 몸이 아프다고 이를 모면하고 밤에 대궐을 나가서 사흘 동안을 사냥을 즐기다가 돌아온 일도 있었다.

어떤 4월 파일날은 밤에 몰래 궁장(宮牆)을 넘어 나가서 뭇소인배와 함께 거문고를 뜯으며 관등(觀燈)한 일도 있었다.

젊은 계집을 궁장을 넘겨서 세자궁으로 불러들여서 희롱한 일도 있었다.

이런 일을 그는 왜 하였던고? 이런 일을 하면 당연히 폐사가 될 것이어늘 그는 폐사될 것을 알고, 아니 도리어 폐사되기 위하여 이런 일을 하였다.

거기 왕자로서의 슬픔이 있었다.

아버님 왕의 뜻이 자기에게 있지 않고, 자기 동생 충녕대군에게 있는 점을 분명히 안 뒤부터 수일간을 그는 생각코 또 생각하였다.

대궐 안의 생명이라 하는 것은 그야말로 든든한 듯하면서도 위태롭기 짝이 없는 것이다.

부왕의 뜻이 자기에게 있지 않고 동생에게 있는데도 불구하고 자기가 그냥 세자의 자리를 차지하고 있다가는 언제 어떻게 될는지 알 수가 없을 것이다. 부왕의 뜻에 충녕대군을 세자로 봉하고 싶은데도 불구하고 충녕대군이 아닌 다른 세자가 현존하면 이것은 부왕의 어의(御意)에 거슬린 것이다. 부왕의 괄괄한 성미로 보자면 당신의 뜻을 관통하기 위해서는 어떤 일이라도 할 분이다.

이런 입장에 있는 세자로서는 부왕께 자기를 폐사할 만한 구실을 드리어야 할 것이다. 그러지 않았다가는 더 큰 화를 불 것이다.

활달한 눈으로 이 점을 통찰한 양녕은 온갖 광태(狂態)를 다 부리어서 자기가 폐사를 자진하여 당해보려고 노력하였다.

광태를 부리면서도 스스로 눈물을 흘렸다. 만약 부왕이 조용히 자기를 불러서,

"나는 네가 마음에 없고 네 동생 충녕이 마음에 있으니 네가 자진해서 물러가거라"고 일른단들 어련히 자기가 물러설 것이 아닐까. 그런데 왜 부왕은 당신의 내심을 똑똑히 맡아들인 자기에게 일러주지 않고 단지 미워만 하시는가.

"아버님, 아버님."

자기가 행하는 매사에 불쾌한 눈을 붓는 부왕께 대하여 양녕은 내심 늘 이렇게 부르짖었다. 그리고 일방으로는 더욱 더 광태를 부렸다.

이 광태가 드디어 물의를 일으켜서 선왕 18년 유월에 정부 육조 삼공신 문무백관이 늘어서서 세자 폐하기를 왕께 청하였다.

물론 왕도 벌써부터 기다리던 일이다. 즉시로 일은 결착(決着)이 되어 양녕은 폐사가 되고 충녕이 새로 형의 지위이던 세자로 책봉이 되었다.

이리하여 수년. 당년의 부왕도 이제 퇴위하여 상왕이 되고 당년의 세자 충녕이 등극한 오늘, 양녕은 여전히 미친 사람이라는 이름 아래 그의 활달한 모양을 장안에 출몰하는 것이었다.

양녕의 아우님인 현왕도 이 모든 내막을 안다. 알기 때문이 이 '미쳤다'는 일컬음을 듣는 형을 볼 때마다 마음이 아프다.

미치지 않은 줄은 뻔히 안다. 그러나 선왕(先王)이 미쳤다고 인정한 것을 가벼이 번복치 않자니 또한 이 똑똑하고 활달한 형님을 '광인(狂人)'으로 취급하기가 매우 마음에 걸리었다.

그러므로 아직껏의 전례를 무시하고 특별한 대우로서 이 형님께 대하기는 하지만 그래도 표면으로는 '광인'의 대접을 하지 않지 못하는 것이 가슴아팠다.

그러면 선왕은 어떤 까닭으로 이 맏아들을 미워하고 셋째 아드님을 사랑하였나? 여기 대해서는 현왕이 등극한 얼마 안 된 어느 날 현왕이 형 양녕과 함께 선왕 상왕을 편전에 모셨을 때, (그때는 병조판서 조말생이며 참판 이영덕 등등 몇몇 재상도 있었다) 상왕이 여러 신하의 앞에서 양녕을 면책할 말로써 그 속을 짐작할 수 있다.

"내가 너 때문에 얼마를 노심했는지 모른다. 네가 광패해서 고칠 줄을 모르고 근방에 정배까지 보내고 그냥 뉘우칠 줄 모르니, 그렇게도 부끄러움을 모르느냐. 내 일찍이 세 아들을 연하여 잃고, 정축년 주상전하(현왕)를 탄생할 때는 바야흐로 정도전(鄭道傳)배(輩)의 난도 있고 하여 마음이 불

편하여, 그 때문에 대비(상왕비)와 가장 친밀하던 때라, 주
상전하가 내게는 가장 사랑스러운 아들이다. 그렇지만 세
자를 책봉함에 있어서 사랑하는 자를 버리고 너를 취하였
던 것은 단지 맏이기 때문에 취하였던 바인데 네가 그렇듯
광패하니, 이젠 정부에서 너를 잡아와도 나는 불관할 것이
고 육조에서 잡아와도 불관할 것으로 국법의 명하는 대로
너를 처벌토록 할 따름이다.”

　이리하여 한 개 광공자로 된 양녕.

　아우님인 왕은 형님의 입장을 동정하여 어떤 일을 할지
라도 관대히 보지만, 아우님에게 달린 신하들은 이 양녕을
대하기를 송충이와 같이 싫어하고 꺼리었다.

　왜? 그들도 양녕의 사람됨을 아는지라, 이대로 버려두는
것은 호랑이를 자유로 버려둔 것 같아서 마음이 놓이지 않
기 때문이다. 그래서 연방 왕께 양녕의 죄과를 논박하여서
제거해 버리려 꾀하였지만 형님께 대하여 매우 미안한 생
각을 품고 있는 왕은, 모든 의론을 물리치고 형님과의 친목
을 늘 도모하던 것이었다.

　그러나 양녕의 편으로 보자면 이 서울은 시어머니가 많
아서 귀찮았다. 무슨 일을 하든 재상들은 그 트집만 잡으려
고 애를 쓴다. 이 시어머니들이 없는 곳에 가서 한번 호기
롭게 놀아보고 싶었다.

풍문에 듣는 서경.

미색으로 이름높고 미경(美景)으로 이름높고 감홍로로 이름 높은 이 서경. 서울의 시어머니들을 벗어나서 춘삼월 꽃 시절을 서경 패수(浿水 : 대동강)에 배를 띄워놓고 미색과 미주로 즐기며 가는 봄을 조상하면 얼마나 마음이 호기로울까. 그 사이 삼십 년간을 묵었던 가슴의 티가 모두 한꺼번에 날아날 듯 싶었다.

그래서 오늘 입궐한 길에 왕께 그 청을 드렸던 것이다.

그러나 왕이 먼저 미색과 미주로서 형을 놀릴 때에 양녕은 마음을 꿰뚫어 보인 듯 싶어서 얼굴을 붉히고 다시 말을 못 꺼내었다.

그 날 사택으로 돌아온 양녕은 술을 불렀다.

"으─음, 술이란 뱃속에 들어가면 반드시 취하는 것. 서경서 먹는다고 더 별달리 취하랴. 병풍의 산수를 대동강 청류벽으로 보고, 미색은 ─ 에라, 서경 미색이 없구나."

혼자서 들이키는 술. 수없이 들이키고, 들이키고는 탄식을 하였다.

*　　　*　　　*　　　*

왕실의 맏아들로 태어나서 세자로 책봉까지 되었던 몸.

그러나 그 귀한 자리를 헌신같이 차던지고 다시 여생을 호협한 일개 공자로 보내려는 몸.

아우님인 왕이 자기에게 갖는 마음보도 짐작이 가는지라, 이제는 무서울 것도 없다. 만약 아우님이 자기를 조금이라도 꺼린다 하면 장래가 걱정도 되려니와, 아우님이 자기에게 향한 우애로 이제는 넉넉히 알겠는지라 재상들이 천만어로 참소를 할지라도 튼튼하기 반석 같다. 단지 좀더 자유로이 놀 수만 있으면…….

왕위도 내버린 이상 다시 마음에 안 둘 바다.

부귀영화는 이미 누리는 바, 이 이상 필요하지 않다. 단지 온전히 낡은 껍질을 벗어서 일개 서민으로서 자유로이 놀았으면……. 산 곱고 물 맑은 곳에 정자나 세우고, 미색으로서 미주나 따르게 하고, 사냥, 유랑, 풍월로 여생을 보내면.

이 이상 아무 바램이 없는 이 공자는 서경 유람이 마음대로 되지 않으므로 울홧김에 술을 먹고 또 먹었다.

이튿날 아침 깰 때는 아직도 작취미성으로 세상이 몽롱하였다.

"나으리. 정감(대궐 하인)이 아까부터 기침하시기를 기다리고 있습니다."

"어. 정감이? 양녕 서경 유람을 특허하노라 하시는 특지

(特旨)라도 갖고 왔느냐. 어 취해."

활활 소세를 한 양녕. 청지기가 바치는 글을 보매 분명한 어필(御筆)이었다,

다른 말이 없었다. 대단히 심심하니 잠시 입래하여 달라는 왕의 어의였다.

조반을 얼른 먹고 양녕은 곧 입궐하여 방금 아침 수라를 끝내신 아우님께 강녕전에 사후(伺候)하였다.

왕의 중형(仲兄)이요 양녕의 동생인 효녕도 입궐하였다. 역시 왕의 부름으로.

그 날 왕과 두 형은 경회루에서 성대한 잔치를 베풀었다. 꽃 우거지고 버들에 새싹 보이는 봄날의 하루를 삼형제는 성대한 잔치로 보냈다.

술과 고기를 싫어하는 효녕.

이런 두 형을 데리고 왕은 잔치를 베풀었다.

그 잔치가 거의 끝날 때에 왕은 양녕에게 작은 말로 물었다.

"경회루 춘색도 서경의 춘색에 못지 않겠지요?"

왕의 오늘 잔치의 목적은 순전히 양녕을 위한 상춘연(賞春宴)이었다. 서경 상춘을 막았는지라 그 대신으로 경회루 상춘연을 꾸민 것이었다. 그러나 양녕은 서경 상춘이 그냥 마음에 걸려있던 때라 불만한 듯이 미소하였다.

"경회루도 좋습지만 단기위고(檀箕衛高: 단군, 기자, 위만 조선과 고구려)의 풍경이 없습니다."

"형님께서는 아무리 해도 서경 춘색을 잊으시지는 못하는 양입니다그려."

"잊지는 못하겠습지만 단념은 했습니다."

적적한 미소로 대답하는 양녕.

"춘색보다도 미색과 미주가 더 유혹되시는 것 아니오니까?"

"아니옵니다. 절대로 아니옵니다."

"그러면 형님께서는 절대로 주와 색을 피하시면서라도 서경 유람을 하시겠습니까?"

"서경 유람은 전하께서 불윤하시는 바이니 신 어찌하오리까?"

"주와 색만 피하시겠다면 허락해 드리리다."

"유람만 윤허해 주시오면, 신 죽기를 한하고 주색을 피하오리다."

"맹세하십니까?"

"맹세하리다."

"그러면 삼사삭의 수유를 드릴 터이니, 다녀오셔서 평생 지원을 푸십시오. 형님을 생각하는지라 유람을 금하였지, 주색을 피하신다는 이상에야 어찌 형님 평생지원을 못 이루어 드리리까?"

"황공하옵니다. 성은을 무엇으로 보답하올지."

이리하여 양녕 서경유람의 윤허가 내렸다.

＊　　　　＊　　　　＊　　　　＊

그 날 퇴궐하여서 즉시 행차를 차리기 시작한 양녕은, 이튿날 아침은 벌써 행차를 다 차리고, 잠깐 입궐하여 왕께 하직을 하였다. 그리고 서경유람의 길을 떠났다.

형의 길을 근심하여 왕이 몰래 궁액들을 놓아서 알아본 바에 의지하건대 양녕은 어디를 가든지 한 잔 술을 받지 않고 연회에 한 계집도 부르지 못하게 하여 어명을 엄하게 지킨다 하는 것이었다. 왕은 미소하였다. 미소하면서도 속으로 쓸쓸히 여겼다.

그 호협하고 술을 즐기는 형 양녕이 술과 계집이 없는 연회에 무료히 앉아있을 생각을 하매, 미안하기도 하였다.

상춘(賞春)! 이름이 상춘이지 술 없이 보는 봄이 무엇이 아름다우랴. 술이 있을진대 미색이 없이 어찌 또한 술이 달랴. 지금 술 없고 미색 없는 이번의 양녕의 길은 이름은 좋게 상춘이라 하지만 단지 피곤한 길걸이에 지나지 못할 것이다.

각 읍에서 연달아 들어오는 보고에 의지하건대, 양녕이 읍에 들어서면 먼저 하인을 시켜서 수령들에게 술과 미색을 금할 것을 미리 통지하고, 객사에 들어서는 일찍이 불 끄고 자고 이튿날 일어나서 또다시 길을 계속하고 — 이런 무의미한 길걸이뿐이었다.

이 호협남아에게 수개월의 수유를 주어서 여행을 하게 하고, 그 여행에서 술과 계집을 떼인다는 것은 단지 여행에 괴롭게 하는 데 지나지 못함이 아닐까?

양녕이 너무도 엄하게 당신의 영을 지키는지라, 왕은 도리어 미안하였다.

여기서 왕은 평안감사에게 밀지(密旨)를 내렸다. 한 개 미색으로서 양녕을 모시게 하되, 양녕이 이를 거절할 터이니 꾀를 써서 가까이 하도록 하라는 뜻을…….

*   *   *   *

마음을 취하게 하는 봄길을, 그래도 적적한 심경으로 서경으로 내려가는 양녕. 들어가는 고을마다 술과 계집을 먼저 거절하였다.

술 없이 가는 길은 적적하였다. 서울은 낙화가 시작될 때나, 북으로 내려가는 길은 아직 봄이 무르익었다. 무르익은 봄을 술 한 잔도 없이 보자니 싱거웠다.

그러나 이 싱거운 길임에도 불구하고, 곳곳마다 양녕이 통절히 느낀 바는 이 왕의 어우(御宇: 임금이 나라를 다스리는 동안)는 진실로 성대하다는 점이었다.

논밭에서 즐거이 농부가를 부르는 농부들. 길을 오가는 상고(商賈)들. 혹은 고을의 거리 관청 어디를 가든지 왕의 덕화가 멀리 펴서 온 백성이 그 아래 떡감고 있다 하는 점이었다.

기름진 논밭, 울창한 삼림, 가득찬 창고, 파발마를 기다리는 기운찬 말. 어디를 가든 어디를 보든 왕화(王化)가 골골이 미쳤다 하는 점이었다.

명군(明君)의 아래서 생장하는 이 기름진 강토, 아아, 그 명군은 나의 동생이로다. 내가 끝끝내 버티었더면 그 명군도 종래 명군이 되지 못하고 한 개 왕제(王弟)로서 일생을 마치었을 것이다. 내가 물러서기 때문에 왕위에 오른 이 동생 — 이 명군은 내가 이 강토에 준 바 선물이로다.

이러한 자랑이 무럭무럭 일어났다. 자기가 왕위에 올랐더라면, 과연 동생과 같은 명군이 되었을까? 자기의 인물은 자기로 짐작이 가는 것, 용주(庸主)는 안 되었을 것이다. 패군(悖君)은 안 되었을 것이다. 그러나 이런 명군이 되었으리라고는 스스로 단정하기 힘들었다.

가는 곳마다 배를 두드리는 농부와, 화기로 찬 백성들을 볼 때에, 양녕은 스스로 만족히 여기지 않을 수가 없었다.

술이 없는 몸이요, 미색이 없는 잠자리로되, 이번의 길은 결코 염증 나는 길은 아니었다.

이 위에 술과 미색까지 있었으면 얼마나 기꺼우랴. 그러나 현명한 아우님께 굳게 맹서한 바라 양녕은 이 유혹을 물리치고 봄날 한가로운 길을 서경으로 서경으로 내려갔다.

본시부터 광병(狂病)이 있는 사람이라는 소문이 있던 위에 객사에 들기 전부터 술과 계집을 미리 거절하는지라, 이 광인이나 또한 고귀한 빈객의 노염을 사지 않으려고, 각읍 수령들은 전전긍긍하였다. 그러나 겪고 난 뒤에는 모두 한결같이 의외의 얼굴을 하였다.

어디가 광인이냐. 슬기롭고 현명하고 고귀한 이 공자께는 광인다운 곳은 한 곳도 없었다. 오히려 범인보다 훨씬 뛰어난 고결한 인물이었다.

*   *   *   *

고적의 도시. 역사의 도시. 명승의 도시. 또는 색향(色鄕), 감홍로의 도시, 어옹(漁翁)의 도시. 버들의 도시.

그림과 같은 이 도시에 양녕의 행차가 이른 때는 이 서경에도 한창 봄이 무르익은 때였다.

나룻가까지 나와서 맞는 감사의 영접을 받으면서도 양녕이 먼저 부탁한 것은 술과 미색을 피하라는 것이었다. 미리부터 밀지가 내려있던 바라, 감사는 허리를 굽혀 유유낙낙(唯唯諾諾)하였다.

저녁, 감사가 베푼 잔치에 술 없는 싱거운 음식을 끝내고, 감사도 배사하고 본영으로 돌아간 뒤에, 양녕은 데리고 온 하인배와 이곳 통인 몇과 객사에 남았다.

눈을 들어보니 분분히 떨어지는 꽃송이. 객사 앞뜰에 만개하였던 살구꽃이 황혼의 바람에 나부끼어 너울너울 춤을 추는 것이었다.

양녕은 일어섰다. 대청으로 나가서 기둥에 기대어 섰다.

바라보매 황혼의 빛을 받은 집집이 지붕에서는, 저녁연기가 하늘로 무럭무럭 올라간다.

봄날 황혼에 누운 이 반만년의 도시.

이윽이 바라보고 있는 동안, 양녕의 마음에는 여수(旅愁)가 차차 무겁게 서리었다.

성조(聖祖) 단군(檀君)이 갈은 터는 어디냐. 기자(箕子)의 닦은 정전은 어디냐. 고구려 효용(驍勇)한 무사들의 말달리던 터는 어디냐. 4천년 지난 일을 설명하는 자는, 오직 말없는 황혼과 말없는 저녁연기뿐이냐!

지금 이씨 사직 반백년 — 태평의 저녁연기 아래 잠긴 이 백성은, 옛날 이 민족 중에 가장 용맹스럽고 말 달리고 활 쏘던 그 민족의 후예인가.

"아아, 옛날 무부(武夫)의 후손도 태평성대에 고요히 꿈꾸는구나."

지붕 위로 퍼진 수양버들에 서리는 저녁연기.

젊은 공자는 객사 대청 기둥에 기댄 채 망연히 서서 4천년 오랜 정취에 잠겨 있었다.

황혼의 날은 어느덧 캄캄하여졌다. 부연 보름달이 동녘 지붕 위에 솟아올랐다.

문득 들리는 한 개의 음률. 그 음률을 따르는 아름다운 목소리.

고요히 회고의 정에 잠겼던 양녕은 귀를 기울였다.

거문고 소리였다. '상부련(喪夫戀)'의 애곡(哀曲)이었다.

어디서 들려오는지 바람결에 때때로 끊겼다 이었다 하며 날아오는 그 애조.

여수(旅愁)에 잠겼던 양녕의 마음은 저절로 소리로 쏠리지 않을 수가 없었다.

부연 보름달. 보름달 아래로 고요히 누워있는 4천년 고도. 멀리서 들려오는 애연하고도 아름다운 소리.

젊은 양녕의 가슴은 마치 무거운 바위 아래 깔린 듯이 괴로웠다.

달 아래 은연히 보이는 많은 지붕. 그 많은 지붕 아래는 미색도 꽤 많으련만. 색향 서경 — 색향으로 이름 높은 이 서경이라 지붕 아래마다 몇 개씩의 미색이 있을는지도 모르련만.

어명이 엄하거니 서울을 떠난 이래 아직껏 여인이라고 생긴 것은 주름잡힌 할미 하나도 노변에 얼씬을 못하게 하였다.

계집을 본 지 여러 날 된 양녕.

더구나 여수에 잠겨 있을 때에 멀리서 들려오는 아름다운 계집의 소리는 양녕의 마음을 미칠 듯이 흔들어 놓았다.

"어명이 무엇이고—."

술 한 잔, 미색의 따르는 술 한 잔만이라도! 차차 허덕이어 가는 속을 걷잡을 수가 없었다.

"야—. 이리오너라."

"네—이—."

등대한 통인.

"서경이 본시 색향이라지."

"네이."

"그—."

그러나 뒷말이 나오지 않았다. 어명도 있다. 자기의 맹서도 있다. 이제 새삼스러이 그것을 어찌 꺾으랴.

"저기 저 들리는 것이 기생의 노래냐?"

"그런가 보옵니다."

들으매 아까 것만 아니라, 가까운 어느 곳에서도 또한 노랫소리가 들린다.

그 뒤를 연하여 여기저기 사면에서 기생인 듯한 노랫소리가 울리어온다.

괴로운 밤이었다.

술이 없을지라도 미색 하나만.

미색이 없을지라도 술 한 잔만.

술이나 미색 중에 단 한 가지뿐이라도.

그러나 구할 수가 없었다. 어느 눈치 있는 통인이 몰래 갖다 바치지나 않는가.

자리를 대청에 하고, 묵묵히 떠오르는 보름달을 오뇌의 눈으로 우러러 볼 뿐이었다.

허연 그림자가 뜰 한편 모퉁이에 얼핏 보였다. 곧 눈을 그리로 향하니, 이게 웬일이냐? 어떤 사람이 담에서 후더덕 튀어져 나와서 객사 앞뜰로 뛰어들었다.

월광에 보매 여인. 여인도 젊은 여인. 소복한 여인. 월광이라 분명치는 않으나 아름다운 여인인 듯.

양녕이 그리고 주의를 가할 때는, 뜰 아래 경위(警衛)하고 있던 나졸들도 본 모양이었다.

후더덕 후더덕 나졸들이 그리로 달려가는 듯하더니, 어느덧 여인을 결박지어 뜰 아래 꿇어 엎드려 놓았다.

"네 고얀 계집 같으니, 여기가 어디라고 무심하게 뛰쳐든단 말이냐."

"죽을죄로 잘못 되었습니다."

"죽을죄로ㅡ."

나졸이 그냥 호령하는 것을 양녕이 알았다.

"너는 어떠한 계집이관대, 여기를 어떠한 곳으로 알고 뛰어들었느냐."

"네이, 소녀는 이 이웃에 사는 계집으로, 작년에 지아비를 여의고 홀로 지나는 몸이온데, 저녁 상식(上食)에 찬물을 준비하옵다가 도둑고양이에게 고기 한 점을 도둑맞고 그 고양이를 쫓아서 여기까지 ― 존엄한 안전일 줄도 모르옵고 뛰쳐들었사옵니다. 쇤녀의 지은 죄는 만사무석(萬死無惜)이옵지만 관후하신 처분으로 잔명(殘命)을 빌려주시기를 바라옵니다."

아름다운 음성. 다소곳이 숙여서 똑똑히 보이지는 않지만, 이마와 콧마루에 나타난 자색으로 미루어 쉽지 않은 미색이었다.

"그래 어디로 해서 들어왔다?"

"네이. 이 객사와 격장(隔墻)하여 있사온데, 그 담이 이번 해토시(解土時)에 무너져서 사람 하나 드나들 만한 틈이 있사옵니다."

당돌하게 아뢰는 그 언변에, 객고에 오뇌하던 양녕의 마음이 움직이었다.

용서하여 주고 싶었다. 그 핑계가 어디 있을까?

"응, 객사의 무너진 담장을 수리하지 않아서 저런 잡인을 출입하게 했으니 허물은 본관과 반반이라. 계집에게는 다시 그런 짓을 하지 말라고 엄명해서 돌려보내거라."

이리하여 무사히 끝은 났다.

*　　　*　　　*　　　*

그러나 무사히 결말짓지 못한 것은 양녕의 심사였다.

아리따운 계집. 더구나 주인이 없노라는 계집. 그 위에 자기에게 은혜를 입은 계집. 그 계집은 이 객사와 담 하나 격하여 있다. 객사에서 그 계집의 집에는 넉넉히 다닐 길이 었다.

그 밤 자리에 들은 양녕은 오뇌스런 가슴을 부둥켜안고 전전(輾轉)히 구르며 잠을 못 이루었다.

아미를 찡그리던 계집. 눈물을 흘리던 계집. 그의 아름답던 음성. 그 모든 점이 눈에 귀에 어릿거려서 잠을 들 수가 없었다.

낙화를 재촉하는 바람이 때때로 솔솔 분다. 그때마다 꽃 떨어지는 소리는 서벅서벅, 사면에서는 가무와 노래의 소리가 봄밤에 더욱 오뇌스럽게 한다.

이 가운데서 잠들지 못해서 이리저리 뒤채는 젊은 공자.

하인배들도 모두 잠이 들어서 천하가 죽은 듯이 고요해진 때에 양녕은 오뇌스러운 가슴을 참지 못하여 혼자 뜰 아래 내려섰다.

보름달은 반공에 걸리고 낙화는 분분한 가운데, 멀리서는 그래도 들려오는 가무성(歌舞聲).

때때로 눈을 던져보면 계집과의 사이의 무너진 담은 마치 사람을 부르는 듯하였다.

양녕은 드디어 그 담을 넘어섰다. 간을 콩알같이 죄이며, 한 걸음 두 걸음 방으로 돌아가니 방에는 등잔이 아직껏 있고, 봄바람을 맞노라고 조금 열어놓은 문틈으로 아리따운 계집이 앉아서 침선(針線)을 하고 있는 것이 보였다.

들여다보매 천하의 절색이었다. 다소곳이 앉아서 일심불란히 바느질만 하고 있는 그 미녀!

양녕의 젊은 가슴은, 더 억누를 수가 없었다. 양녕은 가만히 올라서서 방문을 열고 방안에 들어섰다.

깜짝 놀라는 계집.

"누구요!"

작으나마 날카로운 소리로 부르짖었다.

"낼세."

어색하였다.

"내란? 아닌 밤중에!"

"객사에 유숙하는 양녕대군일세."

"대군이란, 아닌 밤중에 나으리 행차가."

"어. 조용하게."

일찍이 과부방에 뛰쳐들어온 경험이 없는 양녕은 어색한 미소를 띠고 어쩔 줄을 몰랐다.

계집은 몸을 와들와들 떨었다. 떨면서 차차 발치로 물러앉았다.

양녕은 어색한 미소를 띠고 문안에 묵묵히 서있을 뿐이었다.

이윽고 계집이 조금 진정하고 물었다.

"밤중에 나으리 행차가, 더구나 이런 누추한 집에 웬일이오니까?"

"달이 하도 밝기에 서슴서슴⋯⋯."

양녕은 말을 더듬었다.

＊　　　＊　　　＊　　　＊

　그러나 호협한 양녕은, 봄날 날씨를 중매 삼아 드디어 그
집에서 밤을 지냈다. 통인의 눈도 시끄럽고 하여, 밝기 전
객사로 돌아올 때는 양녕도 돌아오기가 싫었거니와 계집도
차마 떠나기가 싫어서, 오늘밤 다시 찾기를 굳게 약속하였
다.

　계집은 양녕에게 자기 이름이 '정향(丁香)'이라는 것까지
일러주었다.

＊　　　＊　　　＊　　　＊

　이튿날. 기성(箕城: '평양'의 옛 이름) 유람의 제1일이었다.

　감사의 만류가 없을지라도 핑계만 있으면 오래 기성에
머물고 싶도록 된 양녕이었다. 그 위에 감사의 만류까지 있
는지라, 예정했던 날짜가 썩 지나기까지 양녕은 기성에 두
류(逗留)하며 봄을 즐겼다. 대동문 누각에서 건너보는 장림
(長林)의 봄, 연광정에서 굽어보는 대동강의 봄, 부벽루에서
내려다보는 능라도의 봄, 대동강에서 우러러보는 모란봉이
며 청류벽 일대의 봄, 서녘으로 뻗어나가서는 칠성문 밖의
봄이며, 유서 깊은 정자 누각 고적들을 일일이 완상하기에

는 십여 일 너머를 걸렸다.

술도 없고 미색도 없는 놀이라, 감사조차 마지막에는 지루하여서, 모면하기를 희망하였으되 양녕은 좀체 놓아주지 않았다.

낮의 완상(玩賞)은 어떻게 보면 싱겁기도 하였다. 그러나 양녕에게는 따로이 밤의 열락이라는 것이 있었다. 낮에 기껏 고도의 정취에 잠기었다가, 그 감흥이 사라지지 않은 채로 밤에는 또한 밤만치 다른 열락이 기다리고 있는 것이었다.

나날이 깊어가는 정.

왕께 드린 맹서도 잊었다. 때때로 생각이 안 나는 바가 아니었지만, 정향에게 대한 정열 때문에 그런 일은 대수롭게 보이지 않았다.

밤이 깊어서 남들이 잠든 뒤에, 무너진 담 틈으로 들어서 미희를 찾는 이 모험심과 정향에게 대한 정열 때문에 이 공자는 온갖 다른 것을 돌아볼 줄을 잊었다.

밤이 깊도록 촛불을 돋구고 기다리다가 양녕이 들어올 때에는 인사도 못 드리고 얼굴을 붉히며 숙이는 그 요염한 태도에 이 정열의 공자는 온 혼을 처박았다.

정이 너무도 깊었는지라, 장래 당연히 있을 이별을 생각할 때는 가슴이 아팠다.

어떤 날 정향이 양녕에게 그 의견을 물은 적이 있었다.

"나으리 환경(還京)하시는 날은, 소녀도 서울 구경을 하겠습니다."

이 가슴 아픈 말에 양녕은 즉시 응하지 못하였다. 한참을 묵묵히 생각을 한 뒤에야

"정향아, 네 듣거라. 내 이미 너하고 우연히 맺었지만, 사실을 말하자면 이번 유람에 일체로 주색을 삼가기로 상감께 맹서를 한 몸이다. 그 맹서의 체면상 서울로 데리고 갔다가는 너와 나는 상명(上命)을 거역한 죄로 중한 벌을 받으리라. 깊이 든 정에 이별이야 무엇이 무서우랴마는, 같이 지내지 못할 것을 서울까지나 같이 가면 무엇하겠느냐."

가슴 쓰린 말이었다. 그러나 어차피 언제든 말하지 않으면 안 될 말이었다.

이 말을 듣고 정향은 한참을 잠자코 있다가 돌아앉아 울었다.

"그럼, 나으리, 소녀는 일생을 파묻힌 몸. 실절이나 안 했더라면 지하에서 선부(先夫)라도 다시 대할 수도 있겠습지만, 이제는 실절한 몸이라 그도 대할 수 없고, 나으리께까지 버림을 받사오면, 살아서는 의지할 곳이 없고 죽어서는 돌아갈 곳이 없는 가련한 신세로소이다. 나으리 왜 소녀를 훼절 시키셨습니까? 본시대로 돌려주세요."

그러나 대답할 말이 없었다.

"시초는 일시 객기지만, 지금은 너도 아다시피 내 마음도 네게 깊이 정들어 어찌하여야 좋을지 스스로도 모르겠구나. 데리고 가자니 데리고 갈 수도 없는 처지요, 두고 가자니, 갈지라도 마음은 이곳에 남겠구나. 기박한 팔자 ― 너도 하늘을 탓하겠지만 나도 네게 못지않게 하늘을 탓한다."

과연 딱한 일이었다.

일시 객기로 길에 떨구고 가는 정이 아니라 진심으로 든 정, 떼려야 가벼이 뗄 수도 없거니와, 그렇다고 달리 채비할 재간도 없는 일이었다. 양녕은 한숨쉬고 정향은 울 뿐이었다.

그러나 평양에 묵을 날짜도 다 가고, 이제는 더 묵을 핑계도 없이 되었을 때에 마지막 밤을 정향의 집에서 지낼 때는, 정향은 비교적 천연히 양녕을 대하였다.

"나으리, 이번 가시면 영 이별이올시다그려."

"왜, 성천서 돌아오는 길에 다시 이곳에 들를 테니까."

"그렇지만 그때 만약 관가에서 무너진 담을 도로 쌓으면 어찌리까?"

"객사는 비교적 허수로운 곳이라, 웬걸 그때까지 쌓겠느냐?"

"안 쌓겠다고야 어찌 믿사오리까?"

바라보는 두 쌍의 눈.

"나으리. 요행히 담을 안 쌓으면 한 번 더 뵈올 날이 있겠습지만, 그렇지 않으면 이번이 영 이별이올시다. 무슨 표적 하나라도."

"글쎄. 객지라 무슨 값진 물건도 없고 어쩔까?"

"그게 무슨 말씀이오니까? 소녀 아무리 가난할지라도 값진 물건을 간청하는 바가 아니올시다. 대감의 뜻을 두신 글 한 구, 시 한 절이라도 써 주시면, 이것이 소녀의 원하는 바이오이다."

"그럼 지필(紙筆)을."

정향은 벼루함을 꺼내어놓았다. 그리고 반다지를 뒤적이어 자기의 치마 한 폭을 꺼내놓았다.

"종이는 찢어지기 쉬운 것, 여기다 써 주시오면 죽도록 두고 사모하겠습니다."

정향이 먹을 가는 동안 양녕은 시를 생각하였다. 이윽고 정향이 먹을 다 갈아서 벼루를 내어놓으매 양녕은 먹을 두둑이 찍어서 치마폭에 한 수의 시를 적었다.

一別音容兩莫逅　　한 번 헤어지면 그 모습 다시는 못 보리니

楚臺何處覓佳期　　양대(陽臺)가 어디 있어 만날 약속 찾을

건가.

粧成斗屋人誰見　작은 집에서 화장한들 그 누가 보아줄까,

眉斂深愁鏡獨知　눈썹 사이 깊은 시름 거울만이 알겠지.

夜月不須窺繡枕　밤 달도 잠자리를 엿볼 필요 없는데

曉風何事捲羅帷　새벽 바람은 무슨 일로 비단 장막 걷느냐.

庭前幸有丁香樹　뜰앞에는 다행히도 정향나무 서 있으니

盡把春情强折披　그리는 정 가지고 어찌 가지 꺾어 보내지 않으리.

*양대 : 초나라 회왕이 무산선녀와 운우지정을 나눈 곳.

쓰기를 끝내고 붓을 던지려던 양녕은 다시 붓을 잡고, 이번에는 5언절구를 또 한 수 썼다.

別路春雲散　나 떠난 길에는 봄 구름 다 흩어지고

離亭片月鉤　너만 남은 정자엔 조각달만 걸리겠지.

可憐轉輾夜　가련토다, 잠못 이뤄 뒤척일 그 밤에

誰復慰香愁　누가 다시 네 시름 달래어 주리.

이별의 밤이라, 그 밤을 서로 이야기로 새우고, 다시 성천서 돌아올 때에 만나기를 굳게 약속하고 밝기 전에 헤어졌다.

이튿날 행차를 돌아서 성천으로 가는 김에 정향의 집 앞을 지난 때에 뜻 않고 보매 대문은 굳이 닫혔지만 대문 틈으로 나부끼는 하얀 얼굴은 정향에 틀림이 없었다.

　　*　　　*　　　*　　　*

마음을 평양에 남겨둔 채 양녕은 성천 온정(溫井)으로 갔다.

평양서 십여 일을 잘 묵은 체면상, 성천서도 일량일(一兩日)로 떠날 수는 없었다. 그래서 그 곳 수령이 안내하는 대로 사오일을 묵으면서 온정도 하며 구경도 하였다.

그러나 싱겁기 짝이 없는 성천의 수일간이었다. 역시 술 없고 미색 없는 놀이에, 밤의 위로까지 없으니 지루하기가 짝이 없었다.

호화로운 공자로, 더구나 아버님 왕의 미움을 사기 위하여 적지 않은 오입도 한 양녕이었지만 이번 정향에게만치 마음이 쏠려본 적이 없었다.

평양을 떠나는 그 시각부터 가속도로 더하여 가는 정향의 생각 때문에, 양녕의 마음은 미칠 듯하였다. 서도(西道) 여인의 다스러운 품과 부드러운 살맛은 시시로 기억에 회상되어 정욕적으로까지 그의 머리를 혼란하게 하였다.

강선루(江船樓)의 놀이. 그러나 싱거운 놀이였다.

온정, 그것도 싱거웠다.

체면상 '좋소이다', '아름답소이다' 하기는 하지만, 성천의 며칠간은 진실로 역하였다.

무너진 담 틈으로 다니던 기억.

등잔 아래 다소곳이 앉았던 정향의 기억.

그의 진심을 다한 공대의 기억.

무시로 일어나는 이런 기억들 때문에, 때때로는 뜻 않고 기다랗게 한숨을 쉬고, 그 때문에 또한 싱겁게 변명을 하고 하였다.

이리하여 사오 일을 겨우 보낸 뒤에 다시 행차를 재촉하여 평양으로 돌아왔다. 갈 때는 육로로 갔으나 돌아올 때는 수로로 오기로 하였다.

대동강 특유의 수상선에 몸을 싣고, 기름과 같이 잔잔한 물결을 넘어서, 다시 평양으로 평양으로—.

노 젓는 소리도 한가한 수상선. 그러나 양녕에게는 이 한가한 취미를 즐길 여유가 없었다. 어서 바삐 기성(箕城)으로 닫고싶기만 하였다.

배의 좌우로 흐르는 물. 그 물은 배보다도 썩 빨리 흐르는 듯이 보였다. 그것이 빠르게 보이기 때문에 배가 더욱 더디었다.

이 물이 흐르는 줄기 아래서 정향은 지금 이 물을 마시는지도 모르겠다. 이 물에 그의 부드러운 몸을 씻는지도 모르겠다. 마음은 더욱 초조하나 배는 일정한 속력으로 내려가고 있었다.

이윽고 솟아오르는 모란봉. 모란봉 아래에 늘어선 청류벽.

길맞이의 감사의 놀잇배가 올라올 때에, 양녕은 혀까지 채었다. 길맞이 배가 온 이상에는 강위에서 진일을 놀지 않을 수 없을 것이다. 어서 객사에 들고싶은 양녕에게는 이것조차 역하였다.

낮에 객사에 들은들 무얼하랴만 어서 객사에라도 들고싶었다.

*   *   *   *

밤도 어지간하여서야 양녕은 감사의 배웅을 받으며 객사에 들었다.

들으면 살펴보고, 양녕은 얼굴을 창백하게 하였다. 무너졌던 담이 어느덧 수리가 된 것이었다. 따라서 정향의 집으로 갈 길은 벌써 서너 길 되는 담으로, 가로막힌 것이었다.

그 날 밤 하인배들이 다 잠들기를 기다려서 양녕은 혼자서 뜰에 내렸다.

담 아래 배회하였다. 어디 다른 구멍이라도 없나 살폈다. 그러나 곁집과는 벌써 든든히 새를 막아 놓아서 어쩔 도리가 없었다.

어찌하나?

애타는 가슴. 불붙는 정열, 분노.

"격장(隔墻)이 천리라더니, 격장이 만리로구나."

만리 밖에라도 가려면 갈 도리라도 있겠지만 이 담은 어쩔 도리가 없었다.

배회하면서 은근히 곁집에 들리도록 시조도 읊어보았다. 돌도 던져보았다. 귀도 기울여보았다. 그러나 그 집에는 사람이 있는지 없는지 아무 반응도 없었다.

"정향아, 정향아."

열병환자와 같이 들떠서, 밤새도록 속으로 부르짖으며 달 아래 배회하다가 동녘이 밝아올 때야 자리에 들었다.

담 하나 격하여 지금 깊이 잠들어 있을 정향. 만약 정향으로서 자기가 객사에 온 줄만 알 것 같으면 어떻게 화답을 하였으련만. 곁에 두고도 알릴 도리도 없는지라, 마음만 더욱 헤적이었다.

밝은 날 낮에 연광정에서의 연회도 적적한 마음으로 끝낸 양녕은, 이 밤은 기어이 담을 넘어서라도 가보려 결심하였다.

그 밤 하인들이 다 잠든 틈을 기다려서 광에서 사다리를 하나 얻어다 놓고, 담을 넘어서 마치 야도(夜盜)와 같이 정향의 집에 넘어간 양녕은 거기서 무엇을 보았는가.

양녕은 거기 한 개 폐옥을 본 뿐이었다.

양녕이 정향을 본 지 겨우 7, 8일. 다시 담을 넘어 그 집에 들어간 때는 그 날의 그 방은 벌써 먼지가 한 껍질 앉고, 사람의 기척도 없는 빈 집이었다.

"?"

여우에게 홀린 것 같아서 영문을 알 수가 없었다. 도로 담을 넘어서 객사로 돌아올 때는 그의 입에서는 땅이 꺼지도록 한숨이 나왔다.

정향과의 사이는 극비의 일이라, 물어볼 곳도 없었다. 벙어리 냉가슴 앓듯 혼자 앓지 않을 수 없는 입장이었다.

성천으로 떠나는 날 만났던 것이, 드디어 영이별이 되었구나. 나는 다시 왔건만 너는 어디 갔느냐?

꺼지는 듯한 구슬픈 마음으로 하루를 더 기성서 보낸 뒤에, 이튿날은 환경의 행차를 차렸다.

감사와 서울의 전송도 쓸쓸히 받고, 양녕은 이 정회 깊은 고도를 뒤로 하고 도로 상경의 길을 떠났다.

*　　　*　　　*　　　*

중화, 황주 ─ 여전히 기뻐 맞고 슬피 보내는 수령들의 인사를 받으며, 양녕은 쓸쓸한 마음으로 길을 계속하였다.

한때 지나가는 희롱으로 보기에는 너무 가슴에 깊이 백였다. 그러나 그 정향은 지금 어디 있나.

정향은 자기가 다시 기성을 다녀서 이렇듯 무거운 마음으로 서울길을 떠난 줄 알기나 하나.

너무도 엷은 인연이나 너무도 깊은 인연에 양녕은 연하여 속으로 통곡하였다.

처음에는 단지 한번 서경유람의 길이던 것이 지금은 도리어 커다란 수심을 품고 돌아오게 되었다. 사람의 인연이란 예측할 수 없는 것이었다. 서울을 떠날 때에, 장차 이런 인연이 생길 줄 꿈에 뜻하였으랴. 정향과 첫 꿈을 맺을 때, 이렇듯 깊이 될 줄이야 꿈에나 뜻하였으랴. 정향과 이별할 때, 그것이 영이별이 될 줄 꿈엔들 뜻하였으랴.

이전 한때는 세자라는 영귀한 자리조차 헌신같이 벗어버

린 이 공자가, 지금은 한 계집의 한때의 정을 끊지 못하여 우울하고도 음산한 심사로 서울로 돌아왔다.

양녕 환경의 보도를 들은 왕은, 이 형을 맞고자 중로까지 거둥을 하였다. 그러고도 연하여 사람을 보내서 '지금은 어디까지 오셨습니다' 보고를 듣고 있었다. 여러 달을 서로 떠나있던 형을 맞음에 기쁨에 왕도 넘치는 미소를 금치 못하고 어서 행차가 무악원 너머로 나타나기를 기다리었다.

이윽고 이른 행차.

양녕이 왕의 거둥을 알고 교(輌)에서 내려서 달려올 때는, 왕도 수레에서 내려서 마주나갔다. 오래간만에 서로 손을 마주잡은 형제.

"전하. 승후(承候)치 못한 그간 무양(無恙)하옵신지요?"

"오랜 객고에 무양하시오니까?"

"신은 성념(聖念)을 입사와 무사히 유람을 마치고 평생의 원을 이루었습니다."

"서도 명물 감홍로도 맛보시었습니까?"

"전하의 분부로 술을 가까이 하지 않았습니다."

"그러면 색향의 본미(本味)도 모르셨구만요."

양녕은 대답을 주저하였다.

"방백(方伯)에게 엄명했더니 하나도 추천치 않아서, 지금 생각하면 도리어 괘씸히 생각되옵니다."

드디어 거짓말을 하였다.

"자. 형님 애용하시던 남여(藍輿)도 등대되었습니다. 원로 피곤하실 텐데 남여에 오르셔서 같이 가면서 서경 풍경이라도 말씀해 주십시오."

왕과 나란히 하여 남여를 타고 대궐로 들어갔다.

*   *   *   *

왕은 이 형을 맞기 위하여 경회루에 큰 잔치를 준비하였다.

오랜 여행에서 돌아오는 길이라, 피곤할까 하여 유신(儒臣)들은 모두 부르지 않고 흠없는 신하 몇만 배석케 하고 경회루의 잔치는 열렸다.

왕이 몸소 권하는 술. 그 새 수삭을 입에 대어보지 못한 이 선액을, 양녕은 탐음하였다.

이윽고 유량히 울리는 아악에 얼리어서 들리는 기녀들의 노래.

처음은 무심히 듣다가 양녕은 문득 귀를 기울이었다.

장성두옥 인수견고
미렴심수 경독지라.

야월불수 규수침이나
용풍하사 권나유라.

귀가 번쩍 띄었다.
뜻하지도 않는 이 시. 그것은 성천으로 떠나는 날 저녁,
정향의 치마폭에 정표로 써주었던 그 시가 아니냐.

정전행유 정향수하니
합파춘정 강절피라.

일구일자 틀림이 없다. 잔을 들었던 양녕은 술을 마실 줄
도 잊고 눈이 둥그렇게 되어 이 노래를 들었다.
뿐만이 아니었다. 다시 5언절구까지 나왔다.

별로에 춘운산이오
이정에 편월구라.
가련 전전야에
수부 위향수랴.

알 수 없는 일이다.
그러나 자기가 정향에게 써준 글은, 자기와 정향 이외에

는 알 사람이 없는지라, 이 노래를 우연한 암합(暗合)으로밖에는 볼 수가 없었다.

우연한 암합이라면 너무도 신통한 암합이었다. 일구일자가 틀림없는 암합이 어디 있으랴.

다시금 마음에 일어나는 정향의 생각 때문에 양녕의 얼굴은 또 어두워졌다.

기녀의 춤이 시작되었다.

얼핏얼핏 눈앞에서 채색의 치맛자락이 나부낀다. 그러나 일단 정향의 생각을 다시 일으킨 양녕은 그 춤은 주의하지 않고 잠자코 있었다.

"형님, 왜 안 들으십니까?"

"황송하옵니다."

왕의 채근을 받고 다시 잔을 들었다.

또 눈앞에 가까이서 나부끼는 치맛자락.

양녕은 비로소 보았다. 보다가 눈을 크게 하였다. 양녕의 커다랗게 된 눈은 그 치마로 하여 허리로 하여 저고리로 하여 무희의 얼굴로까지 올라갔다.

"아!"

치마에서 의외에도 이전 평양서 성천으로 떠나는 밤, 몸소 정향의 치마에 써주었던 그 글씨를 보고, 차차 눈을 치올린 양녕은 거기서 잊을 수 없는 정향을 발견한 것이었다.

정향은 양녕을 보고 미소하였다. 미소하면서 저편으로 미끄러져갔다.

그러나 양녕은 미소할 처지가 못되었다.

양녕의 얼굴은 문득 검붉게 되었다. 그는 사색이 되어 넙죽 왕의 앞에 꿇어 엎드리었다.

"신이 전하를 기망(欺罔)하였습니다."

"네?"

"전하를 기망하였습니다. 서경서 신이 한 미색을 보았습니다."

왕은 미소하였다.

"형님. 용서하십시오. 형님이 내게 사죄할 일이 아니라, 내가 형님께 사죄할 일이외다. 형님을 보낸 뒤에 가만히 생각하니, 아무리 서경 산수가 아름답다 하지만, 형님의 객정을 도울 자가 없으면 아름다운 경치가 무얼하리까. 그래서 평안감사에게 밀지를 내려서 아직껏 형님을 속였습니다. 군자의 도리로서 이런 사술을 씀이 도리어 부끄럽습니다. 형님의 여정의 만분지일이라도 도왔으면 다행이올시다."

*   *   *   *

왕은 양녕을 보낸 뒤에 평안감사에게 밀지를 내려서 한

미색으로 하여금 여정을 돕게 하라 하매, 평안감사는 관내 기생들을 모두 불러서 의논을 하였다.

거기 자청하고 나선 것이 정향이었다.

정향은 이미 기록한 바와 같은 수단으로 양녕을 사로잡은 것이었다.

양녕은 자기 혼자서는 이것은 비밀이거니 하고 이 밀회를 즐겼지만, 정향의 입으로 감사에게, 감사의 붓으로 왕께, 양녕의 로맨스는 일일이 보고가 된 것이었다.

양녕이 정향에게 정표로 시를 써주고 성천으로 떠나는 날, 감사가 왕께 올리는 문안상서와 함께 정향의 치마도 같은 편으로 서울 경복궁으로 들어갔다.

양녕이 성천서 정향을 생각하여 앙앙불락(怏怏不樂)하는 동안, 정향은 감사의 상계서를 품고 서울을 떠나서 그냥 대궐 안에 몸을 잠가버렸다.

왕은 친히 정향을 시험하여 보아, 형님께 드려도 좋다고 감정을 한 뒤에, 정향을 그냥 대궐에 머물게 하고 양녕의 환경을 기다렸다.

그러는 한편으로는 양녕의 이별시 몇 구를 악부(樂府)에 내려서 곡조를 짓게 하고 지은 뒤에는 곧 기녀들에게 그 노래를 연습시켰다.

이리하여 양녕은 성천 여행을 끝내고 불타는 정열로 다

시 평양을 들렀다가 거기서 쓴 가슴을 안고 환경의 길을 더듬을 동안 대궐에서는 양녕을 맞을 연극이 죄 준비되었던 것이었다.

"형님. 용서하십시오. 형님이 나를 속인 것이 아니라, 내가 먼저 형님을 속였습니다."

왕이 이렇게 말할 때에 양녕은 어쩔 줄을 모르고 눈물만 흘렸다.

"전하. 전하께서 신을 속이신 것은 신을 기쁘게 하기 위해서지만 신이 전하를 기망하온 것은 신이 전하의 영을 거역하옵고 스스로 연락을 취한 까닭이로소이다. 우러러 뵈올 면목이 없습니다."

"허물은 반반이라 말씀치 마십시오. 연소하신 형님께 미색을 삼가시라고 한 것부터가 내 실수외다. 이것은 천리(天理)를 어기는 것, 혈기의 청춘이 어찌 군명(君命)이란들 천리를 역행하리까. 음주를 삼가신 것만 해도 형님이 얼마나 내 말씀을 좇으셨는지 알 수 있습니다. 오늘 이 자리는 이러기 위한 자리가 아니라, 첫째로는 형님의 길을 맞는 것이요, 둘째로는 그 새 몰래 보시던 정향과 공공히 지니게 되는 잔치외다. 파탈하시고 흥취 있게 노십시다."

너무도 간곡한 말씀이었다.

그날 진일(盡日)을 오래간만에 만나는 형제는 정향을 곁에 놓고 상봉을 즐겼다.

*　　　*　　　*　　　*

왕은 특별히 양녕에게 별저(別邸)와 비복까지 하사하였다.

대궐의 잔치를 끝내고 양녕은 정향을 데리고 하사한 새 집으로 나왔다.

"나으리, 용서하십시오."

별저에 나와서 정향이 만면에 눈물과 미소를 띠고 이렇게 말할 때에, 양녕도 참을 수 없이 웃었다.

"용서 못하겠다. 일개 시골 아녀자로서 일국 왕형을 속인 죄를 어찌 용서하랴."

"나으리께서는 신자(臣子)의 도리로서 군왕을 기망하셨거늘 상감마마는 너그러이 용서하시지 않았습니까."

"후덕무비(厚德無比)한 상감마마는 용서하셨거니와 나는 용서치 못하겠다."

"그러면 어떤 벌을 주시렵니까?"

"음. 벌로서 내 도포를 벗겨라."

정향은 양녕의 도포를 받아 걸었다.

"어쩌면 요 가슴 속에 6척 남자를 속인 꾀가 들었더냐?"

"외람되오나 나으리께서 소녀의 마음에 들지만 않았더라면, 그런 꾀도 나지를 않았겠습니다."

다시 만나지 못할 줄 알았던 정향을 눈앞에 놓고, 양녕은 터질듯이 기쁜 마음으로 정향을 바라보았다. 겹지 않고 바라보고 또 바라보았다.

첫여름 밤은 차차 깊었다.

멀리서 첫닭의 우는 소리.

＊　　　＊　　　＊　　　＊

이리하여 왕의 축복을 받은 양녕과 정향의 사랑은 길이 길이 꺼지지를 않았다.

임장군(荏將軍)

전라도 덕유산(德裕山)은 남방(南方)에 이름 있는 장산(壯山)이다. 송림(松林)이 울창하고 골짜기가 깊으며 만학천봉(萬壑千峰)이 엉기어서, 백주에도 해를 우러러 보기가 힘들고 맹수와 독충이 행객을 위협하는 험산이다.

때는 선조대왕 말엽, 임진왜란을 겪은 뒤에 아직도 인심이 안돈되지 않아서, 흉흉한 기분이 남조선 전체를 덮고 있는 때였다.

가을해도 어느덧 봉우리 뒤로 숨어버리고 검푸른 밤의 기분이 이 산 골짜기 일대를 덮으려 하는 때였다.

저녁해도 없어지고 바야흐로 밤에 잠기려 하는 이 무인산곡(無人山谷)을 한 젊은 선비가 헤매고 있었다.

길을 잃은 것이 분명하였다. 벌써 단풍든 잡초가 무성하여 눈앞이 보이지 않는 덤불 사이를 땀을 뻘뻘 흘리며 이 선비는 방황하고 있었다.

버석버석, 선비가 발을 옮길 때마다 잡초만 좌우로 쓰러지지 아무리 헤매도 길이 나서지를 않는다. 웬만한 산골 같으면, 하다 못해 적채하는 여인이나 초부들의 외발자욱 길이라도 있으련만, 하도 심산궁곡이라 그런 길조차 없고 잡초만 빽빽하여 눈앞을 가리울 따름이다.

"야단났군."

연해 연방 탄식을 하며 헤매지만 하늘만 점점 더 어두워 갈 뿐이지, 어디로 가야 할지 방향이 잡히지를 않았다.

이렇게 한참 풀덤불에서 헤매던 선비는 엎친 데 덮친다고 기막힌 일을 당하였다. 이미 날도 어두웠는지라 시랑의 무리라도 나오면 어쩌나 하고 속으로 무한히 근심이 되었는데 요행히 아직껏 시랑의 무리는 만나지 않았지만 어떤 풀줄기를 헤치다가 오른손 무명지를 독사에게 물렸다.

풀을 헤치다가 손가락이 뜨끔하는 바람에 깜짝 놀라서 손을 홈치니 서너 뼘쯤 되는 독사가 손에 딸려 올라온다. 그것을 뿌리쳐서 뱀은 떼어버렸지만 듣는 바에 의지하건대 독사에게 물리면 그 손을 잘라내지 않으면 독이 순식간에 전신에 퍼지어서 생명까지 빼앗긴다는 것.

이 무인산중에서 독사에게 물리었으니 이제는 살아날 도리가 없을 것이다.

"에―. 하늘도 무심도 하군."

탄식을 지나서 이제는 원망하는 소리였다. 아니, 원망도 지나쳐서, 이제는 절망의 부르짖음이었다.

그때, 원망의 눈이 하늘로 치어들 때에, 선비는 문득, 멀리 명멸(明滅)하는 불그림자를 발견하였다.

벌써 사위(四圍)는 캄캄하였는지라, 그 원근은 분명히 알기 힘들되, 건너편 봉우리의 중턱쯤 되는 곳에서 가물가물하는 불그림자를 하나 발견하였다.

뱀의 무서운 독은 벌써 선비의 전신에 뻗쳐 나가는 것이 분명하였다. 손가락만 저리고 아프고 하던 것이 어느덧 팔목까지 저리고, 이제는 팔굽까지 저린 것으로 보아서, 좀더 뒤에는 팔쭉지까지 저릴 것이며, 그 독은 한 각(刻)이 지나지 못하여 온 몸에 다 퍼질 것이다.

선비는 숨을 허덕이었다. 물에 빠진 자는 지푸라기라도 붙드는 법이다. 독사에 물린 이상은 손을 잘라내지 않으면 죽을 것이 뻔하였지만, 행여 살 길이 있을까 하여 무턱대고 그 불그림자가 보이는 곳으로 향하여 씨근거리며 기어올랐다.

                *   *   *   *

어떻게 하여 그 불그림자가 보이는 곳까지 기어오르기는 하였다. 그러나 그 곳(그것은 작다란 암자였다)까지 이르러서는 더 움직일 기운도 없이, 부르짖어 볼 기운조차 없이 그 자리에 폭 쓰러지고 말았다.

그 선비가 다시 정신을 차릴 때는 어느덧 그는 그 암자 안에 들어와 누워 있었다. 그리고 그의 머리맡에는 사십이 되었을까 말았을까 한 중년의 처사(處士) 한 사람이 근심스러운 듯이 자기를 굽어보고 있는 것이었다.

이것을 의식하면서 젊은 선비가 몸을 움직이려 하매, 그의 오른 편 팔은 부드러운 헝겊으로 잔뜩 결박이 되어 있는 것이었다.

"움직이지 마시오. 움직이면 안 됩니다."

굽어보고 있던 주인이 고요한 음성으로 명령한다. 그러나 젊은 선비는 유유하니 있을 수가 없었다.

그 새 뱀의 독이 얼마나 퍼졌는지 알 수는 없으나, 어서 그 독 퍼진 곳을 잘라내지 않으면 자기의 생명까지도 위태롭다.

"주인장. 오른손을, 오른손을, 독사에게 물렸소이다. 부탁이올시다. 이 오른손을 도끼로 찍어줍시오."

임장군(荏將軍) | 173

"객께서 독사에게 욕을 보신 줄은 압니다. 그러나 염려 맙시오."

염려를 말라 하나 알 수 없었다. 젊은 선비는 또 몸을 움직여보려 하였다. 그러나 그의 몸은 조금도 움직일 수가 없이 결박이 되어 있다.

"염려 맙시오. 독사의 독이 퍼지지 못하도록 처치를 아까 했습니다."

"네?"

"이 덕유산 뱀의 독은 유명한 것, 그 뱀의 독을 연구하려고 여기 암자를 틀고 숨은 지 15년. 뱀의 독에 대해서는 웬만치 자신이 있는 사람이외다. 독이 더 퍼지지 못하도록 처치를 했으니깐 안심합시오. 저것, 저것이 노형의 팔에서 뜯어낸 것."

주인이 가리키는 곳을 객은 머리를 돌려서 보았다.

그것이 무엇인지는 똑똑히 알 수 없으나 꽤 큼직한 걸레가 피에 통 젖어 있었다.

동시에 객은 비로소 느꼈다. 자기의 팔쭉지가 무섭게 저리고 아픈 것을.

"그럼 이제는 독이 더 퍼지지는 못합니까?"

"네. 안심합시오."

　　　　＊　　　　＊　　　　＊　　　　＊

　피곤한 객은 주인의 안심하라는 소리를 들으면서, 또 다시 혼곤히 잠에 빠졌다. 그러나 잠에 빠지기는 하였지만 팔쭉지가 너무도 아프기 때문에, 잠깐 잠들었다가 곧 다시 깨었다.

　팔쭉지가 놀랍게 아프다. 그러나 몸은 조금도 움직일 수가 없다. 주인도 어느덧 자리를 펴고 곤히 잠든 모양이었다. 몸을 움직일 수가 없는지라 볼 수도 없지만, 자기 곁에서 숨쉬는 소리가 약간 들린다.

　이것을 들으면서 또는 팔이 아픔을 감각하면서, 객은 차차 공포에 빠지기 시작하였다.

　팔쭉지가 이렇듯 아픈 것은 자기의 팔을 잘라낸 때문이 아닐까. 아까 본 바 피투성이의 걸레에 싸인 것은 자기의 팔이 아닐까? 팔쭉지만 놀랍게 아프지 팔과 손이 아픈 것을 느낄 수 없는 것은, 이미 잘라낸 탓이 아닐까?

　팔이 잘리운 데 대한 공포와, 없어진 팔에 대한 애착이 차차 커가며 무거워갔다.

　부모에게서 물려받은 팔 — 지금껏 20여년을 자기의 어깨에서 늘어져서 자기를 기르고 먹이고 살리던 오른손. 이것이 없어졌는가 하면 거기 대한 애착보다도 공포심이 더

하였다.

병신!

이제는 일생을 자기는 병신으로 지내야할 것인가.

"오른손이 없다."

얼마나 무서운 말이냐. 아까 뱀에게 물린 그 순간에는 단지 생명에 대한 애착 때문에 그 독 들은 손을 어서 잘라버리고자 애썼지만, 이제는 생각하면 오른손 없이 일생을 지나기보다는 도리어 일찍이 죽어버리는 것이 행복이 아닐까?

자기는 지금 과거를 보러 서울로 가는 길이다.

그러나 손 없이 어떻게 과거를 보랴? 아직껏 배운 학문도 모두 과거에 급제를 하여 장래 영달하기 위해서가 아니었던가? 그러나 자기는 이제 과거를 볼 수가 없다.

암담하고 처참할 자기의 장래를 상상할 때에, 객은 가슴이 찢어지는 것 같았다. 과거를 보아서 영달을 꿈꾸기는커녕 일생을 이제 시골의 가난한 병신으로 지내지 않을 수가 없으니, 이것은 도리어 죽음만도 못하였다.

팔쭉지의 아픔, 마음의 고통, 이 안팎으로 받는 고통 때문에 선비는 소리까지 내어서 울었다.

*   *   *   *

"어? 어? 손님, 왜 그러시우?"

주인 처사가 이 울음소리에 깨었다. 거기 대하여 객은 자기의 심경을 죄 주인에게 하소연하였다.

그러매 주인 처사는 단지 미소하며,

"하늘이 두 손을 주신 것은, 하나가 불의의 변을 볼지라도 남은 것으로 대신하라고 한 것이니깐 아무 염려 마세요."

하고는 또 다시 잠이 들어버린다.

이리하여 나흘 동안을 옴짝달싹도 못하고 보낸 뒤에야 비로소 그 결박을 끌렀다.

웬일이냐. 그 사이 잘리운 줄만 알고 있던 그의 팔이 그대로 달려있을 뿐 아니라, 그 팔은 약간 움직일 수까지 있었다.

"아 이게!"

너무도 기쁘고 놀라워서 이렇게 부르짖을 때에, 주인은 미소하면서 대답하였다.

"네, 그 팔은 온전합니다. 그 날 노형이 본 피뭉치는 노형의 팔에서 뽑아낸 독혈이외다. 팔쭉지의 가죽을 째고 독혈에 침범된 혈관을 모두 끊어내서, 독을 모두 뽑아낸 것이외다. 독에 침범되어서 썩었던 살이 아직도 온전히 살아나지

못해서 아직은 그 손을 쓰시기가 좀 거북하리다만 한 달 이
내로 여전히 될 것이외다."

"아, 여전히 쓰게 됩니까?"

"아무 염려 마십쇼."

주인의 말을 듣건대 이 덕유산의 독사는 보통 예사의 독
사와 달라서 그 독이 사람의 몸에 들어가면 몸이 반드시 썩
는데, 그것이 어떻게 하여서 썩기만 면하면 그 독은 도리어
사람의 몸에 이롭게 되어 한 번 신체가 모두 개조되어 효용
과 완력이 놀랍게 된다는 것이었다.

그 사이 15년간을 이 산에서 숨어서 오로지 그 뱀의 독과
그 독의 면역성을 연구한 결과, 이제 겨우 그 결과가 완성
이 되었는데, 다행히 선비는 그 연구가 완성된 뒤에 이곳을
찾아온 덕에 생명이 보전되었다는 것이다.

"말하자면 노형은 이미 황천길을 들어섰던 사람이외다.
지금 그 생명이 붙어있는 것은 이 내 덕. 자랑인 듯하지만
내가 노형께 드린 바 선물이외다. 그 은혜에 대한 사례를
어떻게 하시렵니까?"

"네. 하라시는 대로 아무런 일이든 하오리다."

"그럼 내가 명령하리다. 갈충보국(竭忠報國)하시오. 천식
(淺識)도 아니신 모양, 그 지식과 이제 장차 생길 완력을 모
두 국사에 쓰시오. 이것이 내 당부외다."

"그런 일이야 주인장의 당부가 없더라도 생각이 없소리까만, 이번 상경해서 과거에 급제가 될지 어쩔지가 의문이올시다."

"과거를 해야 반드시 갈충보국이 되는 것이 아니라, 자기의 가진 기능을 헛되이만·쓰지 않으면 이것이 갈충보국이외다."

주인은 객에게 자기의 손을 내어보였다. 오른손은 식지(食指)가 없고 왼손은 엄지손가락과 새끼손가락이 없는, 보기에 징그러운 손이었다.

그 손도 본시는 완전한 손이었지만 뱀과 싸우는 15년간, 뱀의 독을 받았기 때문에 잘라버렸다는 것이었다.

수일간을 객은 그 암자에 더 묵어 있었다. 묵어 있는 동안 암자의 마루밑에 있는 가지각색의 뱀의 독즙들이며, 또는 상자에 넣어둔 수천 마리의 뱀을 보고, 객은 이 주인의 지독한 학구적 태도에 경탄하였다.

객은 누차 주인에게 그 성함을 물었으나 주인은 거기는 빙긋이 웃을 뿐이지 대답하지 않았다. 왜 이름을 감추느냐고 물으면, 특별히 감추는 것이 아니라 알리어도 쓸데가 없으니 알리지 않는다는 것뿐이었다.

"노형의 생명은 노형의 것이 아니라 이 내 것이니까, 아예 소홀히 여기지 말고 보중하시오. 이 다음 내가 어떻게 필요하게 되어서 도로 달랄 때는 서슴지 않고 도로 내주시오."

수일 후, 객은 과거를 보러 길을 떠날 때에 주인은 따라 나오면서 이런 당부를 하였다. 거기 대하여 객은 맹서 맹서 하면서, 결코 소홀히 하지 않고 크게 되도록 힘쓰겠노라 하였다.

이 객의 이름은 임문(任文)이요, 전라도 선비였다.

＊　　　＊　　　＊　　　＊

임문은 서울까지 무사히 왔다.

그 동안은 처음에는 쓰기가 거북하던 오른손도, 이제는 자유자재로 움직일 수가 있게까지 되었다.

뿐만 아니라 그때의 암자의 처사가 말하던 바와 같이, 임문은 나날이 자기의 체격이 장대하여 가며 완력이 부쩍부쩍 늘어가는 것을 자각하였다. 본시 약골은 아니었지만 장대하던 편은 못되던 그의 골격이 나날이 자라나서 이제는 어느 모로 보아도 쉽지 않은 장한(壯漢)으로 되었다.

뿐만 아니라 주먹까지 쥐어보면 스스로 그 주먹에 잠긴 힘을 깨달을 수 있으며, 완력을 써보고 싶은 충동이 나날이 더하여갔다. 이듬해 봄의 과거를 기다리노라고 한겨울을 서울서 보내는 동안, 그는 본시의 임문과는 온전히 다른 체격의 완력의 주인이 되었다. 혼자서 몰래 북악산에 올라가서 놀라운 커다란 바위를 굴려보고는, 스스로 자기의 완력에 놀라고 하였다.

이리하여 그 겨울을 보내고 이듬해 봄에 기다리던 과거를 보았다.

그러나 결과는 실패로 돌아갔다. 낙제를 한 것이었다.

*   *   *   *

과거에 낙제를 한 뒤에도 임생(任生)은 귀향하지 않았다.

시골선비로서 화려한 장안물을 마시고 보니, 도로 시골로 돌아가기 싫었다. 그래서 이 다음 식년(式年)을 기다린다는 핑계로 그냥 서울에 있었다. 그리고 이런 유생들의 상투(常套)를 본받아서 대갓집 문객 노릇을 하였다.

때는 바야흐로 선조(宣祖) 말엽, 임진란 때문에 한때 좀 잠잠했던 당쟁(黨爭)이 차차 다시 일어나서 꽤 맹렬하게 된 때였다. 이 틈에 끼여서 임생은 어디서 커다란 호박이라도 떨어지기를 기다리고 그냥 서울에 묵어 있었다. 임생이 꾸준히 찾아다니는 것은 남인(南人)과 재상들이었다. 그다지 어리석지 않은 임생은 눈이 밝았다. 남인파의 거두 이원익

(李元翼) 등의 아래 모인 세력이, 서·북인파의 세력보다 나은 점을 알고 장래 남인파가 득세할 날을 예기하고 남인파 재상들을 찾는 것이었다.

그러나 세상사는 이 임생의 뜻과 같이 진행되지 않았다.

선조대왕이 승하하시고 광해군이 즉위하자 당파의 싸움은 더욱 격렬하게 되었다가 종래 북인파의 승리로 돌아가고 남·서인들은 모두 먼 곳에 정배(定配)를 가거나 화를 보게 되었다.

자기가 희망을 붙이고 있던 재상들이 모두 한꺼번에 몰락을 당할 때에, 임생은 기가 막혔다. 처음부터 남인을 버리고 북인에 붙지 않았던 것을 후회하였다. 그러나 이제는 갑자기 돌아설 수도 없을 뿐더러, 자기도 남인파 재상의 집 문객으로 있던 관계상 자기의 몸에까지 어떤 화가 미칠지 알 수 없어 임생은 재빨리 경성에서 몸을 감추었다.

경성서 몸을 숨긴 임생은 어디로 잦아버렸는지 다시는 그의 모양을 찾아볼 수가 없었다.

*　　　*　　　*　　　*

임생이 경성에서 종적이 사라진 지 수삭 후, 조선 국경을 넘어서서 울창한 장백산(長白山) 서록(西麓)을 한 장한이 더

벅더벅 넘고 있었다.

조선을 피해 나온 임문이었다.

때때로 높은 곳에 올라가서는 지세를 살폈다. 살피고는 다시 길을 가고 하였다.

임생이 조선을 피해서 여기까지 온 것은 엉뚱한 경륜을 가슴에 품고서였다.

당시에 이 땅(요동, 여진)에는 누르하치(奴兒哈赤)라는 한 호걸이 생겨서, 새로이 금국(金國)이라는 나라를 이룩하고 스스로 황제라 부르기 시작한 때였다. 누르하치는 본시 장백산 서록에서 무리를 거느리고 도적을 일삼던 두목으로서, 그 세력이 차차 커지매 그 야심도 커져서 드디어 여진, 요동 일원을 모두 정복하고 스스로 황제의 면류관을 제 머리에 올려씌운 호걸이었다.

이것을 보고 임생도 비위가 동하였다. 작다란 조선 안에서 이렇다 변변치도 않은 일을 가지고서 싸우고 죽이고 피하고 정배가고, 이런 시끄럽고 귀찮은 일이 차차 우스워 보였다.

누르하치가 이렇게 된 것을 보면, 이 세상에는 아직도 주인 없는 땅이 꽤 넓게 있는 모양이다.

누르하치가 누구며 자기는 누구랴. 누르하치도 효용(驍勇)과 협력(俠力)이 유일의 무기이지 근본도 배경도 없고, 명나라 천자의 책봉도 받지 않은 바이다. 효용과 협력은 누구에게든 지지 않을 만한 자신을 가지고 있는 임생이라, 이 누르하치의 성공에 비위가 동하지 않을 수가 없었다.

그 위에 자기는 과거 10여년간의 쓴 경험을 가지고 있다. 조그만 반도의 말직 하나를 얻어보고자 10여년간을 학문을 배웠으며, 학문을 배웠다고 저절로 되는 것이 아니라 배운 위에는 또한 과거라 하는 문을 지나야 하며, 그 문이라는 것이 또한 제 실력으로 되는 것이 아니라 이리저리 뇌물을 먹이고 아첨을 해야 되는 것이며, 요행히 그 문을 지난다 하여도 크게 되기는 지난(至難)의 일이요, 천행으로 크게 된다 하더라도 언제 거꾸러질지 예측키 어려운 일이요, 말하자면 그다지 신통치도 못한 것이어늘, 자기는 나이 30이 되는 오늘날까지 오로지 그 한 길을 위하여 힘쓰고 별별 아니 꼬운 일을 겪었고, 그리고도 또한 달하지 못하고, 이 사랑에서 저 사랑으로 문객질만 다니다가, 그것도 자리가 안전치 못하여 지금 몸을 피해서 온 것이 아니냐?

시시하고 너절한 일을 위해서, 과거 30년간을 보냈는가 하면 기가 막혔다. 자기가 일찍부터 마음을 크게 먹고 이리로 나와서 활동을 하였더라면 오늘날 누르하치가 차지한 자리를 자기가 먼저 차지하지 못하였으리라고 어찌 단정하랴.

이리하여 무슨 엉뚱한 수라도 떨어지지 않을까 하고 이리로 밀려나와서 지세를 살피면서 이리저리 배회하는 것이었다.

그 뒤 반년, 1년, 임생은 이 땅의 지세며 풍속이며 언어를 살피면서 요동의 황야를 방황하고 있었다.

*　　　*　　　*　　　*

그것이 금국 태조 누르하치가 도읍을 요양(遼陽)에 정하고 그 축하가 굉장히 있는 해 여름이었다.

이전에 조선 서울서도 뜻을 못 이루고, 이 사랑에서 저 사랑으로 문객질만 하고 있던 임생은 여기서도 또한 뜻의 만분지일도 못 이루고 금태조의 정도 축하식날 구경하러 요양 근처에 배회하고 있었다.

그 날 임생은 자기에게 행운이 떨어지리라고는 뜻도 안 했다. 단순한 구경차였다. 그러나 과거 30년간을 임생의 곁에는 비쳐본 적도 없는 행운의 빛이, 이 날 뜻밖에도 임생의 위에 내렸다.

황태자가 인솔한 무장 몇 명이 산으로 들어가서, 멧돼지 한 마리를 몰이하여 가지고 나왔다. 그 돼지를 보고, 혈기에 날뛰는 황태자는 활을 비끼고 말을 비호같이 돼지에게로 달렸다.

돼지가 나온 것은 임생의 뒤였다. 황태자가 오는 것은 임생의 앞이었다. 임생은 돼지와 황태자의 중간에 있었다. 살이 맞을 만한 거리에서 황태자는 말 탄 채로 돼지에게 활을 쏘았다. 그러나 돼지는 뒤에서 모는 장수들에게 놀란 터이라, 앞의 황태자는 보지 못하고 그냥 황태자편으로 전속력으로 도망하였다. 첫 번 살에 실패한 황태자는 그냥 말을 마주 달리면서 둘째 살을 쏠 준비를 하였다.

돼지는 임생이 있는 뒤쪽 한 20간쯤 되는 거리까지 왔다. 그때 황태자는 두 번째 활을 놓았다.

살은 돼지의 앞다리에 맞았다.

앞다리에 살을 맞은 돼지는 한 번 기이한 소리를 내며 황태자의 말에게로 달려갔다. 그때 황태자가 탄 말은 돼지에게 놀라서 껑충 높이 한 번 뛰었다. 동시에 황태자는 말에서 땅에 떨어졌다.

땅에 떨어졌던 황태자가 황급히 일어날 때는, 돼지는 벌써 황태자를 받아 넘기려고 올라 뛰는 때였다.

모든 사람의 눈에는 황태자는 죽은 줄로 알았다. 황태자도 그렇게 알았을 것이며 돼지도 그렇게 믿었을 것이다. 돼지가 황태자의 몸으로 달려드는 순간 — 실로 순간이었다 — 임생의 몸뚱이가 총알같이 뒤에서 뛰쳐나오면서 자기의 몸으로 돼지의 몸을 받아넘겼다. 이 인탄(人彈)에 돼지가 비칠할 때에 임생의 주먹이 돼지의 머리에 내렸다.

황태자며 무장들이 정신을 수습하고 돼지를 검분(檢分)하여 보고 입을 딱 벌린 것은, 그 커다란 돼지의 머리가 단 한 번의 주먹에 바스러진 것이었다. 돼지의 두개골 전체가 바쉬지고, 직접 주먹을 맞은 앞이마에는 주먹만한 구멍이 뚫린 것이었다.

* * * *

이것이 인연되어 임생은 황태자의 막하에 들게 되고, 차차 신임을 사서 후년 이 황태자가 등극을 하여 태종황제가 된 때는, 황제가 가장 신뢰하는 무장의 한 사람으로 되었다. 그의 이름도 본 이름 위에 초두(艸頭) 하나씩을 붙여서 임문(荏茇)이라 하였다.

임생의 지위가 이렇게 변하는 동안, 그의 본국에도 적지 않은 변화가 생겼다.

일찍이 서인이며 남인과 북인의 싸움 끝에서 남·서인의 거두들은 모두 정배를 갔지만 아류의 인물들은 그냥 서울에 숨어서 다시 세상에 호령할 날을 도모하고 있었다. 그러나 지금 왕은 북인을 깊이 신임하고 그 마음은 장차 돌이킬

수 없음을 본 이 사람들은, 자기네가 장래 성공키 위해서는 이 임금을 폐해야할 것을 알고 밀모에 밀모를 다하여 종내 임금을 폐하였다. 그리고 임금의 조카님 되는 능양군을 새 임금으로 모셨다. 후일의 인조대왕이다.

조선의 세정은 이만큼 변하였으나, 신흥 금국과 조선의 그 때의 델리케이트한 관계는 변함이 없었으니, 즉 다른 것이 아니라 조선은 명나라와 부자지국(父子之國)이라 하는 점이었다.

대체 금나라가 새로 나라를 이룩하매 그 야심은 단지 여진, 요양에만 있는 것이 아니라 중원을 들어 삼켜서 그야말로 대국 천자까지 되려하는 심사였다.

그런데 그 땅은 명나라와 조선의 중간에 끼어서 명나라를 치자면 뒤에서 조선이 자기네 뒤를 엄습할 염려가 있다. 그렇기 때문에 명나라를 치려면 먼저 조선을 정복하여 후환을 없이할 필요가 있다.

이것은 큰 원인이 되어 그밖에 몇 가지의 원인이 더 합쳐서, 태종황제는 조선을 정벌하려고 군사를 일으켰다. 그리고 태종에게 신임을 받는 임생 — 변하여 임장군은 태종의 참모로서 이 정벌에 동행하였다.

때는 인조대왕 병자(丙子). 금국은 그 국호를 '대청(大淸)'이라 고치고 아직껏은 '한(汗)'이라고 만주이름으로 부르던 왕제를, 공공히 중원 이름으로 '황제'라 부르고 '숭덕(崇德)'이라 연호까지 세운 해였다.

*　　　*　　　*　　　*

그 해 12월 초승, 청태종이 인솔한 십만대군은 조선을 정벌하고자 벌써 압록강을 넘어섰다.

여기 따라 오는 임장군. 몸은 비록 조선출생이나 모국에 대하여 아무런 충심도 없었다. 단지 자기와 같은 피를 물려받은 동족들이 난마(亂麻)와 같이 어지러이 도망가는 것을 볼 때에, 자기 자신에 대한 우월감만 느낄 뿐이었다. 이러한 나약하고 초라한 백성 가운데 자기와 같은 걸출이 생긴 것을 스스로 기꺼이 여길 따름이었다.

조선군은 이 청태종의 군사에 대하여 조금도 대항을 못하였다. 군사 이르는 곳마다 성주(城主)는 도망가고 성은 항복하고, 이리하여 청병은 파죽의 세(勢)로서 서울로 서울로 달렸다.

청군의 선봉은 벌써 경기도에 들어서 장단군수 황직을 사로잡아 머리를 깎고 청복을 입혀서 향도자로 삼고, 경성으로 진군을 할 동안 태종황제와 그 막료들은 황해도의 곡산 산골서 선봉군의 뒤를 따르고 있었다.

험하기로 유명한 곡산 산곡에 태종황제와 그 막료며 친위군이 진치고 하룻밤을 지나는 그 밤이었다.

그 밤, 청병의 대본진(大本陳)인 이 진중에 기괴한 참사가 생겼다.

진중에 수천 마리의 뱀이 기어든 것이었다. 무서운 독사로서 이 무서운 독사에게 물린 사람은 날이 밝기 전에 모두 죽어버렸다. 여기 진쳤던 군사 3천인 중에 독사에게 물려서 죽은 사람이 하룻밤 새에 천 명이 넘었다.

이 추운 겨울날 뱀이 웬일이냐.

뱀도 한두 마리라면 모르지만 수천 마리가 어디서 갑자기 튀쳐나온 것이냐.

이 의문은 밝는 날 아침에 해결되었다. 밤새에 뱀의 해를 면한 병졸들이 남아 돌아가는 뱀을 모조리 박살하노라고 돌아다니다가, 산골짜기에서 수상한 노인을 발견하였다. 노인이 가지고 있는 커다란 두 개의 상자에는 아직도 수천 마리의 뱀이 징그럽게 사리고 있는 것이었다.

어젯밤 진중에 들여보낸 것은 이 노인의 소위에 틀림이 없었다. 노인의 백발이 성성한 머리는 성난 병졸들의 칼 아래 떨어졌다. 뱀이 든 상자는 불질러 버렸다.

이 기이한 사연을 임장군이 들은 것은 점심 좀 뒤, 바야흐로 황제의 진으로 가려고 옷을 갈아입을 때였다.

임장군은 처음에는 무심히 들었다. 그러나 마지막에 '뱀 수천 마리가 들어있는 상자' 라는 말이 나올 때에 지금부터 30여년 전 자기가 처음으로 과거 보러 서울로 가다가 덕유산 산중에서 본 뱀 상자를 생각나게 하였다.

병졸이 가져온 머리를 보기는 보았지만, 지금 이 백발이 성성한 머리를 30여년 전 덕유산 암자의 처사라 알아볼 수가 없었다. 그래서 다시 병졸을 앞세우고 노인의, 머리 없는 시체가 놓여있는 데로 가보았다.

임장군은 보았다. 노인의 시체의 왼손에는 엄지손가락과 셋째손가락이 없었다. 오른손에는 식지가 없었다. 이 노인은 틀림이 없는 30년 전 덕유산의 그 처사였다.

*   *   *   *

"당신의 생명은 말하자면 내가 드린 것이니까 언제건 달랄 때에 도로 주십쇼."

30년전 덕유산에서 이렇게 당부하던 그 처사가, 자기에게 목숨을 청구하여 보지 못하고 먼저 죽었다. 목숨까지는 혹 모른다. 그러나 적어도 이 오른팔은 그 노인의 것이다. 뱀에게 물린 이상 잘라버리지 않으면 안 되는 것, 그것이 그냥 자기 몸집에 달려있는 것은 전혀 노인의 덕이 아니냐.

오른손이 남아있어서 돼지의 머리를 바숴버렸기에 황제의 총애를 사고, 오늘날의 이 영화와 지위를 얻지 않았느냐.

그 새 30년간을 한 번도 생각하여 본 일이 없는 자기의 오른 주먹의 은혜가, 통절히 느껴지면서, 동시에 그와 같은 팔의 ─ 생명의 주인인 옛날 처사에게 대한 미안한 생각이 걷잡을 수 없이 일어났다.

그 오른팔은 말하자면 자기 몸에 달려있기는 하지만, 자기의 소유는 아니었다. 그럼에도 불구하고 그 팔의 덕에 오늘의 지위를 얻어서, 그러한 은혜 많은 팔을 감히 의주에서 이곳까지 오는 동안 함부로 놀려서 자기의 동족의 생명을 얼마나 빼앗았는가. 이곳서 이 노인의 주검을 보지만 않았더라면 자기는 또 여기서 경성에 이르기까지에 얼마나 많은 동족의 피를 흘렸을 것인가?

*　　*　　*　　*

이튿날 황제의 진에는 적지 않은 소란이 일어났다.

그 밤 따라 황제는 마음이 뒤숭숭하여 자기의 침상에서 자지 않았다. 심복 막료를 자기 침상에서 자게 하고 자기는 다른 곳에서 잔 것이었다.

그런데 황제의 침상에서 잔 그 막료는 가슴에 칼이 박혀져 참사하였다.

그 막료의 가슴에 박힌 칼이 또한 임장군의 것이었다. 그 위에 임장군은 어디로 사라졌는지 밤새에 종적이 없어졌다.

그 뒤 임장군의 종적은 완전히 사라져 다시 나타나지 않았다.

신문고(申聞鼓)

"아비가 옥에 갇힌 해에 세상에 나고, 아비가 옥에서 나오는 날에 죽었으니, 이런 일이 어디 있으랴. 옛날 효도에 순(殉)한 자도 이만한 자 없으니 슬프고 가련하다.(生於父入獄之年하여 死於父出獄之日하니 天之生之殆不遇然이라. 古之殉於孝者ㅣ 未有若是其然也니 悲夫라)"

대제학(大提學) 홍양길(洪良吉)의 찬에 이런 것이 있다.

그러면 이것은 어떤 사건에 관한 것인가. 여기 얽힌 비참한 이야기를 이하에 적어보기로 하자.

*　　　*　　　*　　　*

충청도 충주 노은동(老隱洞)은 이 속세에 쉽지 않은 안온한 동리였다. 비가 오면 비설거지나 하노라고 들썩거리고, 뉘 집 잔치나 있으면 그 때문에 욱적거리고 — 그런 이외에는 아무 사건이 일어나지 않는 아주 안온하고 평화로운 마을이었다.

그 동리에 홀연히 한 가지의 괴변이 생겨났다.

살인 사건이었다. 죽은 사람의 이름은 기록할 필요도 없어서 약하여버리거니와 그 동리의 한 중늙은이가 피살을 당하였다. 피해자는 혼자 제 밥벌이나 하며 살던 사람이라, 누구에게 원한 진 일도 없고, 재산이 없던 사람이라 강도의 소위라고도 볼 수 없고, 말하자면 무슨 까닭의 살인인지 알 수가 없었다.

온 동리는 욱적하였다. 안온하고 평화롭던 동리는 이 때문에 갑자기 소란하여졌다. 그리고 지금껏 아무 사건도 없던 — 지금 말로는 모범동리였는지라, 이 사건은 관가에서도 중대하게 보았다. 그리고 범인을 잡아내려고 눈이 벌겋게 되어 돌아갔다.

그런데 살인의 단서가 잡히지 않았다. 단 한 가지 그 이웃집에 있는 홍선보(洪宣輔)라는 사람과 이번의 피해자가 4, 5개월 전에 말다툼을 하였다 하는 점과, 홍선보의 집과 피해자의 집이 담장 하나 격하여 이웃하여 있고 담장만 넘으면 넉넉히 들어갈 수 있다 하는 점으로, 홍선보를 가장 유력한 혐의자로 볼밖에 없었다. 그래서 홍선보는 즉시로 잡혀서 옥에 갇히었다.

그러나 그 동리 사람은 누구나 홍선보가 그런 일을 하지 않을 사람인 줄 안다. 사람도 착할 뿐더러 살인할 만한 대담성도 없는 사람이다.

관가에서 홍선보를 잡아 가두기는 하였지만 살인한 증거가 없을 뿐더러 눈치로 보아서 살인함직하지도 않고, 살인할 만한 혐의도 없을 뿐더러, 더욱이 그 동리의 평판으로 보아도 살인할 사람이 아니므로 무죄한 사람으로 짐작은 갔다.

그러나 관청에는 관청의 위신이 있다. 한번 잡았던 사람을 싱겁게 백방(白放)하기도 쑥스러웠다. 그 위에 진범인이 아직 발견되지 않았다.

더욱이 당시의 관가라는 것은 변변치 않은 일, 그 위에 뇌물이라도 없는 사건은 웬만하여서는 처리하지를 않았다.

그런데 불행히 홍선보는 집안이 가난할 뿐더러 관가에 연줄이 없어서 교섭할 길이 없었다. 연방 탄원할 일도(一道) 밖에는 별다른 도리가 없었다.

그리하여 그 몸이 청백하다는 것은 짐작은 갔지만, 그냥 옥에 갇힌 채 백방될 기약이 없었다. 여기서 한 개의 비극의 씨가 맺어지게 된 것이다.

*　　　*　　　*　　　*

홍선보의 아내는 태중(胎中)으로서 남편이 입옥할 때에 일곱 달째였다.

선보가 입옥한 지 석달 째 되는 때에 선보의 집에서는 한 옥동자가 생겨났다.

선보의 맏아들이었다. 동시에 홍씨 일문의 장손이었다. 그 출생을 일문이 모여서 경하하지 않으면 안 될 것이다.

그러나 수심에 쌓인 이 집에서는, 장손이 생겨났으나 아무도 문제삼지 않았다.

옥중의 원인(冤人) 때문에 일문은 근심 중에 있었다. 일문의 장손이 생겨났지만 그것을 돌볼 사람은 그의 어머니 한 사람밖에 없었다.

근심을 모르는 것이란 행복스런 일이다. 아버지는 옥중에 갇혀서 그 죄명이 살인죄라 죽을지 살지 모를 형편이로되, 그런 것을 이해하지 못하는 어린 아이는 무럭무럭 자랐다.

이리하여 초칠일, 삼칠일, 칠칠일 하여 어느덧 백일이 되었다.

봉사손(奉祀孫)의 백일이라 그래도 그렇지 못하여, 문중을 모아놓고 빈약한 잔치를 치른 날.

그 날 잔치도 이렁저렁 지나고 문중이 각각 돌아갈 때에, 어린애의 어머니는 몰래 어린애의 삼촌을 꾹 찔러서 멈추어 두었다. 그리고 다 돌아가서 집안이 고요하게 된 뒤에 형수와 시동생은 마주 앉았다.

"아주머니. 무슨 일로 찾으셨습니까?"

이렇게 시동생이 물을 때에, 한참 대답을 못하고 머리만 수그리고 있던 형수가 겨우 머리를 들었다. 어언간 그의 눈에는 눈물이 그득하였다.

"네. 다름이 아니외다. 차기(次奇 : 아들의 이름)를 좀 맡아주십쇼."

"네?"

동생은 깜짝 놀랐다. 놀란 눈으로 형수를 쳐다보았다.

"문중을 위함이외다. 또 이 아이를 위함이외다. 서방님이 맡아서 길러주시요. 그리고 친자식이라 하고 근본은 당분간 감추어 주세요."

"아주머니!"

"여기서 아무리 기다려야 끝이 안 날 테니까 나는 서울로 가서 직접 상감님께 소원(訴冤)을 해보겠소이다. 데리고 가

자니 못할 일이요, 죽여 버리자니 그래도 홍씨문의 봉사손
이 아니오니까. 서방님께 부탁합니다."

"그러나 아주머니께서 아낙네가 혼자서 서울을 가시면
무엇이 되겠습니까."

"네. 그것도 생각해보았습니다. 하지만 되건 안 되건 힘
껏은 써보고 일의 성불성(成不成)은 천운으로 돌릴밖에야 어
디 있겠소?"

삼촌도 한참을 생각하였다. 그런 뒤에 아주머니의 의견
대로 하기로 하고 어린애는 마침 숙모도 젖이 넉넉한지라
데려다 기르게 의논이 되었다.

이리하여 차기는 삼촌의 집에서 길러나고 차기의 어머니
는 남편을 구해보려 서울로 올라갔다.

*   *   *   *

그로부터 10년. 당시의 관가의 상투(常套)에 벗어나지 못
하여 살인혐의 죄수 홍선보는, 생각날 때마다 한번씩 잡아
내다가 고문을 하고는 다시 옥에 가두어 버리고 끝장날 기
약이 없었다.

서울로 직소(直訴)하러 올라간 차기의 어머니도 시골 여
편네가 직소할 길을 알지를 못하여 그저 늘 대궐 근처에 방

황만 하고 소망을 달치를 못하였다. 형조에는 누차 소원을 드려 보았지만 결련(結連) 없이 들어오는 촌부(村婦)의 소원은 하인들의 신등 매는 노끈으로 변하여질 뿐 사옥(査獄)을 하는 일이 없었다.

그 동안 기괴한 일이 어린 차기의 몸 위에 흔히 생겼다.

차기는 자기의 삼촌을 친아버지로 알고, 가난하나마 거기서 귀염을 받고 자라고 있었는데, 어린 차기가 갑자기 때때로 아무 이유도 없이 눈을 뒤솟고 넘어져서는 와들와들 떨며 한참씩을 정신없이 지나고 하였다.

의원에게 보여도 그 원인을 알 수가 없었다. 혹은 지랄병이 아닌가도 하여 보았지만 지랄도 아니었다. 명색 모를 병이었다.

그런데 후일 우연한 기회에 알아보니, 차기의 아버지 선보가 관가에서 고문을 당하는 날마다 이 병증이 생겨나는 것이었다.

그 눈치를 채고 그 뒤에 유심히 보매, 차기가 이름 모를 병에 기절을 한 날마다 옥중에서는 반드시 그의 아버지의 고문이 있고 하였다.

그래서 문중에서는 차기를 '하늘이 낸 효자'라 하였다. 차기는 제 삼촌을 아버지로 알고 숙모를 친어머니로 알고 있는데도 불구하고, 친아버지가 고난을 겪는 날에는 저절로 병이 나고 하는 것이었다.

　이리하여 10년, 옥중의 형을 공궤(供饋)하노라고 차기의 삼촌의 집도 드디어 파산을 하였다.

　그러나 옥중 원수(冤囚)는 언제 그 원을 벗을는지 기약이 없었다. 이제는 관가에서도 그 죄수의 존재까지 잊어버리고 말았다. 신관 교체되기도 4, 5차, 홍선보에 관한 기록조차 모두 도배지(塗褙紙)가 되어버렸다.

*　　　*　　　*　　　*

　이렇게 10년이 지났지만 놓여날 기약은 없고 아버지의 얼굴은커녕 존재조차도 모르는 아들 차기는 어언간 열 살이 되었다.

　옥중의 10년!

　10년이면 산천도 변한다 한다. 보통 사람도 10년 뒤에는 다른 사람같이 될 것이어늘 하물며 옥중의 선보랴. 백방될 기약은 없는 위에 나이는 벌써 60을 넘었다. 이제는 어느 때 어떻게 될지 예측을 할 수 없게 되었다.

　여기서 일문은 모여서 의논을 하였다. 그 결과로서 차기에게 비로소 사건의 내막을 일러주기로 하였다.

　일문이 모인 가운데서 삼촌이 차기를 불러놓고,

"사실을 말하자면 나는 너의 삼촌이지 아버지가 아니요, 너의 아버님은 원죄(冤罪)로 네가 세상에 나기 석 달 전에 옥에 갇히어서 아직도 청백한 몸이 못 되고 옥수(獄囚)로 계신다. 어머님께서는 아버님의 원죄를 직소하려고 상경하셔서 10년이 되는 지금까지 뜻을 못 이루고 계시다. 여러 가지 형편으로 해방되시기까지 비밀히 해두려 했지만, 아버님은 벌써 연로하셔서 언제 어떤 일이 생길지 알 수 없기에 너한테 이 말을 하는 바다."

할 때에 나이는 비록 아직 철모를 열 살이라 하지만 지독히 영특한 차기는, 자기의 비밀을 처음으로 알고 거기서 통곡을 하였다.

한참을 통곡을 한 뒤에 차기는 아무 말도 하지 않고 제 삼촌의 집에서 뛰쳐나갔다.

*　　　*　　　*　　　*

삼촌의 집을 나간 차기는 이튿날 읍내에 몸을 나타내었다.

"아버님!"

생후 처음의 대면인 부자의 상봉에 옥사쟁이도 차마 잡아떼지 못하고, 돌아서서 못 본 체하였다.

"아버님."

"오, 너더냐? 세상에 났단 말은 들었지만 보기는 처음이
로구나. 잘 자라느냐?"

"아버님!"

보매 10년 죄수살이에도 여위고 또 여윈 아버지 가슴이
막히고 눈이 어두워서 '아버님' 한마디의 소리밖에는 다른
말은 하지도 못하였다.

*　　　*　　　*　　　*

그 뒤부터 차기는 삼촌의 집에 돌아가지 않았다.

새벽에 깨어서는 곧 산에 올라가서 섶을 하여다가 팔아
서, 몇 푼 되지 않는 것으로 옥중 아버지를 공궤하였다.

밤에는 옥창(獄窓) 밖에서 잤다.

비가 오나 바람이 부나 눈이 오나 추우나 더우나 한결같
이 옥 밖을 떠나지 않았다.

겨울에는 옥사쟁이가,

"저것이 어린것이 아마 어젯밤에는 얼어죽었으려니."

하고 나와보면 그래도 죽지 않고 오들오들 떨면서, 섶을
주우려 지게를 지고 산으로 올라가는 것이었다.

옥사쟁이도 그 정성에 감복하여, 제 힘으로 되는 일이면

선보를 백방하고 싶었다. 그러나 상부의 명령이 없이는 못할 뿐더러 잘못하다가는 자기의 밥줄까지도 끊어지기 쉽겠으므로 그저 못 본 체하고 내버려두었다.

*　　　*　　　*　　　*

종내 차기의 어머니가 서울서 객사를 하였다.

10여년간을 두고 남편을 구하고자 온갖 애를 다 쓰다가 뜻을 못 이루고, 어떤 날 그 날도 역시 형조(刑曹) 밖을 비칠거리다가 차차 몸이 노곤하여져서 그 자리에 넘어져서 그냥 죽어버린 것이었다.

굶어 죽었다. 먹을 것이 없어서 10여일간을 물만 겨우 얻어먹다가 드디어 죽어버린 것이다.

이 소문이 어린 차기의 귀에 들어올 때에, 차기는 너무도 불공평한 하늘의 조화를 원망하였다.

굶어 죽어? 하늘 나는 새도 먹을 것이 있고 물고기도 굶어죽는 일은 없거늘……. 더욱이 대가에서는 나귀가 약식을 먹고 고양이가 쇠고기를 겨워하거늘……. 만물의 영장인 사람이 먹을 것이 없어서 굶어 죽어?

눈물이 펑펑 쏟아졌다. 그러나 이 일은 차마 옥중의 아버지께는 말할 수가 없었다. 어찌 말하랴. 그렇지 않아도 마

음 아프실 아버님께 이 일을 알게 하면 그 심적 번뇌로 당
장에 세상 떠나실지도 모를 일이다.

그러나 그냥 있을 수도 없었다. 객사하신 어머님의 시신
도 시신이려니와, 그래도 일루(一縷)의 희망을 서울에 붙이
고 있었거늘 이제 어머님이 떠나시니 누가 서울서 이 원한
을 호소하랴.

그 날 밤을 차기는 잠을 안 자면서 생각하였다. 생각한
끝에, 드디어 자기가 서울로 올라가기로 하였다.

옥에 계신 아버님의 봉양도 봉양이려니와 그보다도 더욱
중한 일은 아버님의 설원(雪寃)이다. 그 사이 10여년간을 어
머님이 하시다가 못하신 유업(遺業)을 물려서 할 자는 이 세
상에 자기 하나밖에 어디 있는가?

    *   *   *   *

이튿날 옥중의 아버지는 아들이 섶을 팔아가지고 어서
오기를 눈이 빠지게 기다렸다.

그러나 조반때쯤이면 오던 아들이 조반때는커녕 점심때
까지도 오지 않았다.

선보는 가슴이 선뜻하였다. 무슨 불행이 생긴 것으로 알
았다.

그래도 행여하고 이튿날을 또 기다렸다. 그러나 이튿날도 그의 아들은 오지 않았다.

사흘 나흘 거의 발광할 듯이 아들을 기다렸지만 아들은 끝내 오지 않았다.

*   *   *   *

옥중에서 늙은 아버지가 이렇듯 기다릴 동안, 그의 아들은 길을 재촉하여 서울로 올라갔다. 상경하는 즉시로 어머님의 시체를 얻어서 다시 정성스럽게 장사지냈다.

*   *   *   *

땅 땅 땅.

놀랍게 울리는 신문고 소리.

이 소리에 관원이 놀라서 달려나와 보니 신문고를 두드리는 것은 열 두세 살 난 소년이었다.

관원은 소년을 불러들이어서 그 사연을 물었다.

듣고보니 그 사이 10년간을 웬 협수룩한 여편네가 늘 하던 그 소리였다.

무슨 대사변이라도 있는가 하고 불러들였던 관원은, 이

변변치 않은 사건에 눈살을 찌푸리고,

"알아볼 테니 나가서 하회(下回)를 기다려라."

하고 소년을 내보냈다. 그리고 이 말은 이 소년의 죽은 어머니가 그 사이 10년간을 수백 번을 듣다가 낙담하고 죽은 그 소리였다.

그러나 소년은 나와서 기다렸다.

사흘을 기다리다 못해서 또 신문고를 두드렸다.

"사실(査實)해 볼 테니 하회를 기다려라."

또 같은 대답이었다.

또 며칠 뒤에 또 두드렸다. 또 같은 대답을 들었다.

천 갈래 만 갈래로 갈라지는 소년의 마음 ─ 옥중의 아버지는 어찌 되었나? 자기가 홀연히 없어지기 때문에 얼마나 애통해 하시나.

관가에서는 사실해보겠다 했으니 지금은 얼마쯤이나 조사를 했나.

시골로 내려가자니 여기가 마음이 놓이지 않고, 여기 있자니 시골 옥중의 아버지가 걱정된다.

마음만 조급하였다. 두 조각으로 가를 수 없는 몸뚱이가 원망스러웠다.

* * * *

또 1년, 2년.

세월은 여전히 흘렀다. 마음을 두 곳으로 갈라붙이고 초조히 지나는 이 소년이 어느덧 열 네 살이 되었다.

그 해는 지독히도 가물었다. 봄내 비가 안 오고 지금 하지(夏至), 망종(芒種)이 지났지만 그냥 비는 올 듯도 않았다.

이 해의 농사는 전멸할 모양이다. 농촌의 민심은 흉흉하여졌다.

"동해에 한 원부(冤婦)가 있으면 3년을 하늘이 가문다."

조정에서는 하늘이 너무도 가물므로 상감께서도 근신하시는 뜻으로 감찬(減饌)을 하시고 정전(正殿)을 피하시고, 형조(刑曹)에 명하여 원옥(冤獄), 의옥(疑獄)을 조사하게 하셨다.

그 어떤 날이었다. 예에 의지하여 대궐 밖에 배회하던 차기 소년은 저편에서 오는 어느 대관(大官)의 행차를 보고, 역시 소원을 하려고 그리고 달려갔다. 가다가 중도에 넘어졌다. 기운이 진한 것이었다. 굶기도 굶었거니와 2, 3일 전부터 무슨 병에 걸린 모양으로 몸이 언짢기가 짝이 없었다.

일단 넘어져서 정신까지 잃었던 소년은 누군가가 흔드는 바람에 번쩍 정신을 차렸다.

보매 정신 잃었던 기간을 매우 짧았던 모양이라, 아까 자기가 향하고 가던 행차가 눈앞에 멈추어 있다. 그리고 초헌(軺軒) 위의 대관이 자기를 굽어보며, 구종(驅從)이 자기를 흔드는 것이었다.

소년은 벌떡 꿇어 엎드렸다.

"소원(訴冤)할 일이 있사옵니다."

"응? 소원이라? 어떤 일이냐?"

초헌 위의 대관의 말이었다.

소년은 그 사이 수년간을 몇 십, 몇 백 번을 입밖에 내기 때문에 이제는 암송하다시피 된 이야기를 쭉 늘어놓았다.

그 소리를 묵묵히 듣고 있던 대관은 다 들은 뒤에,

"14년간을 그냥 두담."

혼잣말로 이렇게 말하고 소년에게,

"응. 나는 형조판서(刑曹判書) 윤동섬(尹東暹)이다. 내가 안 이상에 유죄무죄간 명백히 할 테니 그리 알아라."

한다.

차기 소년은 상경한 지 3, 4년 대관에게 호소하기 몇 백 번, 이번에 처음으로 책임 있고 믿음성 있는 대답을 들었다.

"대감. 언제쯤이나 일의 결말이 나리까? 일각이 여삼추로소이다."

"응. 오늘로 성상께 주달(奏達)해서 명일로 충청 안찰사

(按察使)에게 전교합시도록 하면 3, 4일내로 결말이 나리라."

그리고는 행차를 재촉하여 입궐하는 형판의 뒷모양을 바라보며 접할 때에, 소년의 눈에서는 하염없이 눈물이 나왔다.

윤판서의 뒷모양이 대궐 안으로 사라진 뒤에 소년은 발을 돌렸다.

이제 무엇보다도 급한 일은 충주로 달려가는 것이다. 이미 14년전의 옥사로서 기록이 없어진 사건인지라, 안찰사에게 사실령(査實令)이 내릴지라도 사실될지가 의문이었다. 어서 충주로 내려가서 이번은 안찰사에게 탄원을 하여 일을 바로 펴지 않으면 안될 것이다.

소년은 즉시로 충주로 길을 더듬었다.

서울서 충주가 3백리였다. 그 3백리를 소년은 내내 달음박질로 내려가려 하였다.

이렇게 전속력으로 달려가던 소년은, 중도에서 불행히 넘어지지 않을 수가 없었다. 2, 3일 전부터 기미가 보이던 변 — 두창(頭瘡)이 있다 — 이 이번 급격한 심적 긴장으로 갑자기 더하였다.

병석에 넘어진 소년.

길에서 넘어진 소년을 그 근처의 농부가 처음에는 송장

으로 보았다가 아직 숨이 통하는 것을 발견하고 집으로 업어 가지고 와서 간호한 결과 겨우 다시 정신이 들기는 들었다.

정신은 들었다. 그러나 몸은 이제 조금도 움직일 수가 없었다.

마음은 급하고 몸은 말을 듣지 않기 때문에, 엉엉 우는 소년의 정경에는 농부의 집안도 같이 눈물 흘리지 않을 수가 없었다.

이리하여 만 이틀을 농가에 넘어져 있던 소년은 사흘째 되는 날 몸을 조금 움직여보고 능히 움직일 수 있으므로 또 길을 떠나려 하였다.

친절한 농부 내외는 소년을 길을 못 떠나게 하였다. 그러나 소년은 농부의 친절을 그냥 받을 수가 없었다. 그 사이 할 수 없이 누워있던 것도 가슴이 저리거늘 아 이상이야 어찌 더 있으랴. 소년은 농부의 말리는 것을 뿌리치고 일어나서 길을 떠났다.

*　　　　*　　　　*　　　　*

하늘이 휘휘 도는 것 같았다. 땅이 발 짚을 때마다 꺼지는 것 같았다. 그러나 한 걸음 지체하면 그만치 아버지 생명의 위험률이 많아지는지라 소년은 나지 않는 용기를 억지로 뽑아내며 길을 갔다.

밤까지 새워서 걸었다. 그리고 이튿날 평명(平明)에 드디어 충주읍내에 도달하였다.

그러나 소년의 걸음이 조금 늦었다. 어명에 의지하여 안찰사는 홍선보의 죄상을 조사하여 보았지만, 벌써 14년전 일로 상고할 바가 없고 유죄무죄를 판정할 수가 없으므로 그 뜻으로 성상께 주달을 한 뒤에 소년이 도달된 것이었다.

안찰사도 차기 소년의 효성과 정성을 기특히 여겼으나, 일이 이미 그렇게 된지라 할 수가 없어서 소년더러,

"이제 여기서는 할 수 없으니 다시 상경해서 직소하고 성은(聖恩)이나 바라거라."

하였다.

* * * *

소년은 다시 돌아섰다.

여기까지 온 이상에는 옥중의 아버지를 잠시나마 뵙고싶은 생각이야 한량이 없었지만, 시각이 바쁘므로 그도 못하고 그 길로 돌아서서 다시 상경의 길을 떠났다.

심로(心勞)와 긴장과 피곤과 병에 지쳐서 거의거의 죽게

된 소년이었다. 그러나 아버지의 일명(一命)을 구하기 위하여 없는 기운을 내어서 다시 서울길을 달음박질하였다.

＊　　　＊　　　＊　　　＊

마음은 아직 기운이 든든하였으나 체력이 당할 수가 없었다.

소년은 자기가 어떻게 되었는지 알지 못하였다. 충주읍을 떠난 기억밖에는 다른 일은 기억하지 못하였다. 그가 정신이 겨우 약간 들은 때는, 그는 충주서 3백리, 서울 대궐 앞으로 쓰러져 있던 것이었다. 소년의 곁에는 웬 노인이 하나 있었다.

"여기가 어디입니까?"

"여기가 육조(六曹) 앞이로다."

"대궐?"

거기서 비로소 알았다. 자기가 서울을 향하여 충주를 떠나다가 읍외에서 혼도(昏倒)하였다. 그때 마침 무슨 장사차로 서울로 가던 노인이 소년을 발견하였다. 노인이 이 소년을 가엾게 여겨서 간호하고 물을 먹이고 약을 먹이어 보았으나, 소년은 종내 정신이 들지 못하였다.

정신은 못 차리나 혼미한 가운데서 헛소리를 연방 한다.

그 헛소리를 종합하여 보건대 어서 서울을 가야겠다는 말과 아버지를 구해내어야겠다는 말이었다.

노인은 읍내에서 차기 소년이 아버지를 위하여 노력한다는 소문을 들은 일이 있었다.

그래서 이 소년이 정녕코 차기 소년인 줄을 알고 자기의 나귀에 태우고, 자기는 걸어서 서울까지 와서 대궐 앞에 내리어 놓고, 소년이 정신 들기를 기다리던 차이었다.

이 노인의 이야기를 다 들은 소년은 감사하다는 말을 하려고 입을 벌리려 하였다. 그러나 입을 벌리려다가 또 다시 혼미하여졌다.

*　　*　　*　　*

거기서 다시 정신을 잃었던 소년은 나흘 뒤에 전신이 지독히도 쑤시는 것을 느끼면서 겨우 정신이 들었다.

정신이 들면서 보매 자기가 누워 있는 곳은 어떤 집 방이요, 일전의 노인이 곁에 앉았다가 소년이 정신 드는 것을 보고 오는 것이었다.

소년은 정신이 드는 참에 다른 말을 다 제껴놓고 노인에게,

"우리 아버지가 어떻게 되셨습니까?"

고 물었다.

거기 대하여 노인은 빙그레 웃었다.

"야, 기뻐해라. 살아나셨다."

"예?"

"네 효성이 성청(聖聽)에 들어서 지금쯤은 백방이 되셨으리라."

소년은 벌떡 일어났다.

"네? 그— 그— 그건 아마 저를 속이시는 말씀이시지요?"

노인은 무슨 종이를 소년에게 보였다.

"내가 왜 거짓말을 하겠느냐. 이게 판사(判辭)로다. 아마네가 글을 모를 테니 내 읽을 게 들어보아라."

노인이 읽는 판사, 그것은 분명히 홍선보를 백방을 한다는 것이었다.

소년은 노인의 읽는 판사를 고요히 다 들었다. 들은 뒤에 흐늘흐늘 일어섰다. 몸의 중심을 못 잡았다. 얼굴이 창백하여졌다. 노인이 보고,

"어디 가느냐?"

하여도 소년은 대답도 않고, 몸의 중심을 잡는 듯이 잠시 손을 허공에 저으며 비칠거리다가 픽석 넘어졌다.

"아이구, 아버지가 오셨구려."

허공을 바라보는 소년의 눈.

노인은 당황하여 소년을 흔들었다.

"야, 차기야, 차기야."

"아버지— 아버— 압—."

"야, 정신을 차려라."

그러나 소년은 정신을 못 차렸다. 뿐만 아니라 허공을 쳐다보던 소년의 눈동자가 차차 눈가죽으로 굴러 들어갔다.

"야— 야—"

망지소조(罔知所措)하여 노인이 소년을 흔들 때는 드디어 소년의 숨소리까지 끊어졌다.

*　　*　　*　　*

이리하여 이 소년은 황천의 길을 떠났다.

아비가 옥에 갇힌 뒤에 세상에 나서, 아비가 옥에서 나오는 날 죽어버린 것이다.